MACUNAÍMA

o herói sem nenhum caráter

MACUNAÍMA

o herói sem nenhum caráter

mário de andrade

MARTIN CLARET

Prefácio

A tessitura de um herói nacional

Eliana Nakashima*

> *"Pouca saúde e muita saúva,*
> *Os males do Brasil são!"*

Em 1925, Mário de Andrade, em uma de suas inúmeras cartas ao amigo Manuel Bandeira, explicita claramente a necessidade do nacionalismo, ou melhor, do brasileirismo, para afirmar a literatura brasileira. Nesse período, Mário fazia várias incursões pelo interior do país em busca de contato com os valores do povo, com seu bojo nacional expresso na tradição oral e no folclore. Ainda nas cartas a Bandeira, Mário deixa claro que o riquíssimo material etnográfico de Koch-Grünberg em sua obra *Von Roroima zum Orinoco,* adquirido por ele nessa época, já possuía inúmeras anotações nas margens do segundo volume, onde Grünberg dedica atenção especial aos mitos e lendas de diversas tribos

---

* Bacharel em Letras (Linguística e Português, pela FFLCH-USP e Licenciatura em Português pela FEUSP. Autora do projeto educativo Saberes da Educação; é jornalista, redatora e revisora de textos.

das regiões pesquisadas. Estudando esse e outros materiais, percebe-se que a principal intenção de Mário era pesquisar a língua falada pelo cotidiano nacional, com seus vulgarismos e regionalismos e sua filosofia popular através de sátiras e provérbios:

> "Minha ideia exata é que só sendo brasileiro, isto é, adquirindo uma personalidade racial e patriótica (sentido físico) brasileira, que nos universalizaremos, pois que então concorremos com um continente novo (...)."[1]

Escreve, então, "Macunaíma, o herói sem nenhum caráter", na tentativa de quebrar o regionalismo, "desgeograficalizando" o Brasil, por meio da mistura e da inversão de elementos do norte e do sul, sobretudo nas corridas panorâmicas de seu personagem. BOSI (1979, pp. 396-397) classifica o "herói sem nenhum caráter" como uma "espécie de barro vital e ainda amorfo", ao qual o medo e o prazer mostram os caminhos a seguir, desde o dia em que nasceu em plena selva amazônica e suas aventuras diversas até a chegada a São Paulo para recuperar seu talismã, furtado pelo gigante Venceslau Pietro Pietra. BOSI (1979, pp. 397-398) ainda coloca a possibilidade de Mário de Andrade ter feito uma *bricolage* em Macunaíma — "não só de lendas indígenas que usou livremente na sua rapsódia, mas de modos

---

[1] BANDEIRA, Manuel. Cartas a Manuel Bandeira. Org. de Rio de Janeiro: Ed. Ouro, s. d., p. 113, carta de "São João de 1925". *In*: PREFEITURA DO MUNICÍPIO DE SÃO PAULO. *Boletim bibliográfico*. Biblioteca Municipal Mário de Andrade, número especial organizado por Noêmi do Val Penteado. São Paulo: Artes Gráficas Bisordi, 1970, p. 22.

de contá-las, isto é, de estilos narrativos. À primeira observação, distinguem-se, na obra, três estilos de narrar:

a) um estilo de lenda, épico-lírico, solene:

> "No fundo do mato-virgem nasceu Macunaíma, herói de nossa gente. Era preto retinto e filho do medo da noite. Houve um momento que o silêncio foi tão grande escutando o murmurejo do Uraricoera que a índia tapanhumas pariu uma criança feia. Essa criança é que chamaram de Macunaíma."[2]

b) um estilo de crônica, cômico, despachado, solto:

> "Já na meninice fez coisas de sarapantar. De primeiro passou mais de seis anos não falando. Si o incitavam a falar, exclamava:
> — ai! que preguiça!...
> e não dizia mais nada."[3]

c) um estilo de paródia. Mário de Andrade toma o andamento parnasiano típico, anterior a 22, à Coelho Neto e à Rui Barbosa, e, nesse código, vaza uma "mensagem" de Macunaíma às Icamiabas:

> "É São Paulo construída sobre sete colinas, à feição tradicional de Roma, a cidade cesárea, "capita" da

---

[2] LOPEZ, Telê Porto Ancona. *Macunaíma* — o herói sem nenhum caráter. Edição crítica. Rio de Janeiro: Livros Técnicos e Científicos Editora S.A., 1978, p. 7.

[3] Ibidem, p. 7.

Latinidade de que provimos; e beija-lhe os pés a graça e inquieta linfa do Tietê. As águas são magníficas, os ares, tão amenos quanto os de Aquisgrana ou de Anverres, e a área tão a eles igual em salubridade e abundância, que bem se pudera afirmar, ao modo fino dos cronistas, que de três AAA se gera espontaneamente a fauna urbana."[4]

No mesmo ano do lançamento de Macunaíma, 1928, Vladimir Propp, professor de literatura e folclorista russo, lançava a *Morfologia do conto maravilhoso*, obra importantíssima sobre estruturalismo literário, onde o autor defende que, nos contos maravilhosos, "as partes componentes de um podem ser transferidas para outro, sem modificação alguma"; era a sua "lei da transferibilidade". Para ele, o que realmente importava não eram os nomes e atributos dos personagens, considerados pelo autor como grandezas variáveis, e sim as suas funções, chamadas de grandezas constantes. Semelhante à "imaginação estrutural" de Propp, Mário de Andrade faz praticamente o caminho inverso — "Mário conseguiu divisar o que havia de *invariante* na estrutura do conto folclórico para, justamente com intuitos artísticos, poder jogar criativamente com os elementos *variáveis* sobre o esquema de base. (...) Mário soube tirar o melhor partido romanesco daquela "lei da transferibilidade (...)." (LOPEZ, 1978, p. 370)[5]

Se aplicarmos as técnicas colocadas por Propp na rapsódia de Macunaíma, vamos perceber o livro como "uma grande fábula de busca, (que) se constitui de dois

---

[4] Ibidem, p. 75.
[5] Ibidem, p. 370.

'movimentos'" (LOPEZ, 1978, p. 370); uma "situação inicial", quando o autor apresenta um ambiente natural, paradisíaco, onde nasce o herói, e são apresentados seus familiares, mãe tapanhumas e seus manos, Maanape, o feiticeiro, e Jiguê, irmão valente, mas muito bobo. Na sequência, classificada por Lopez como "parte preparatória", temos um conjunto de proibições/infrações, seguidas ou não de punição, como o momento em que Macunaíma flecha uma veada que acabou de dar à luz, e percebe que, na verdade, ele matara sua mãe; para se defender, diz que isso foi uma peça do Anhanga (entidade indígena do mal). Não tendo mais uma razão afetiva que os segure no local de nascença, ele e seus irmãos saem do local natal para outros destinos.

Mais adiante, o herói conhece a índia Ci, rainha das Icamiabas (as amazonas) e infringe a lei de celibato dessas índias guerreiras, engravidando-a; porém, a índia Ci faz do herói o Imperador das amazonas. Quando nasce o bebê, um menino encarnado, Macunaíma deseja para ele um futuro de homem branco, querendo que ele cresça logo para ir enriquecer no sul, em São Paulo. Como consequência dessa dupla violação, a índia e o bebê acabam morrendo, deixando o herói com o coração apertado. Ci, antes de "subir pro céu", deixa com Macunaíma um talismã para lhe trazer felicidade na terra, chamado "muiraquitã", uma pedra verde em forma de lagarto. Em suas andanças, o herói perde essa poderosa pedra, que é furtada por um regatão (pessoa que anda de barco e vende mercadorias nos rios) peruano de nome Venceslau Pietro Pietra; este fica rico e se estabelece em São Paulo. A partir desse momento, temos o antagonista do herói e toda uma mudança de direção de seu destino com seus irmãos.

Vemos aqui, mais uma inspiração extraída da obra de Koch-Grünberg das lendas de Roraima: Piaimã, o grande feiticeiro comedor de gente, que nada mais é do que a personificação do regatão Venceslau Pietro Pietra, transformado agora num abastado especulador ítalo-paulista, o imigrante. A partir do quinto capítulo, o herói vai correr o mundo em busca de seu amuleto, na esperança de recuperar sua índia Ci, largando as margens do Uraricoera. Antes disso, porém, ele tem o cuidado de se aliviar da consciência:

> No outro dia Macunaíma pulou cedo na ubá e deu uma chegada até a foz do rio Negro pra deixar a consciência na ilha de Marapatá.[6]

Olívio Montenegro (RAMOS JR., 2012, p. 103)[7] assinala que Macunaíma poderia conter uma "verossimilhança de gênio brasileiro nas suas raízes mais secretas, mas somente em esboço de caricatura limitada ao pitoresco".

O herói se torna branco ao se banhar na cova de água encantada do pezão do Sumé, enquanto seus irmãos mantêm sua condição, não apenas na cor, bronze para Jiguê e negro para Maanape, mas também em sua postura de submissão ao irmão mais novo. Os irmãos são o grande suporte do herói em suas peripécias a fim de recuperar seu amuleto mágico, contando com a força de Jiguê e a feitiçaria de Maanape. Depois de golpes

---

[6] Ibidem, p. 33.

[7] RAMOS JR., José de Paula. *Leituras de Macunaíma*: Primeira onda (1928-1936). São Paulo: Edusp, 2012.

e contragolpes, entre Macunaíma e Venceslau Pietro Pietra, finalmente o herói vence e recupera a muiraquitã. Na viagem de volta, Macunaíma adoece. Quando chegam à aldeia às margens do Uraricoera, não há mais ninguém. É só deserto. Por meio de uma feitiçaria, ele é transformado na constelação da Ursa Maior.

O capítulo nove é, sem dúvida, o mais polêmico do livro; neste destacam-se, praticamente em todo o capítulo,vários itens de linguagem culta e, sobretudo, a personificação de Macunaíma na questão de sua identificação. É uma carta dirigida às índias Icamiabas e escrita pelo próprio herói, que se apresenta como Imperador, criando um distanciamento, a partir do momento que as trata com o termo erudito "súditas". Numa tentativa de valorizar a linguagem culta, Mário de Andrade coloca por finalidade justamente a banalização dessa norma culta, e a parte satírica do capítulo, além de ser supostamente escrita pelo analfabeto Macunaíma, é a sua ridícula hiper-correção dos termos e da linguagem. Outro fator que torna o capítulo absolutamente destacado dos outros é que, ao mesmo tempo que o herói valoriza a futilidade e a disposição das mulheres brancas à sensualidade e aos cuidados com a beleza, sugerindo a mesma atitude pelas amazonas, desrespeitando sua conduta celibatária, ele recorre às Icamiabas para pedir dinheiro, pois essa é outra característica que o liga à sociedade; o apego ao dinheiro é fundamental para viver na cidade grande, e Macunaíma não conseguia esse feito, sobretudo para se equiparar ao seu antagonista, Venceslau Pietro Pietra.

Cumpre observar na rapsódia de Mário de Andrade, que a noção lógica de espaço é a todo momento rompida, cruzada com um espaço mítico ou mágico, fruto do pensamento indígena. Um exemplo disso é o momento em que, fugindo do cão Oibê, Macunaíma vai ao Rio Grande do Sul e volta a São Paulo, correndo a pé, em poucos minutos. Essa é uma colocação feita pelo autor, no sentido de unificar e desgeograficalizar o Brasil.

Como foco narrativo, o narrador é, em princípio, um narrador onisciente e aparece em 3ª pessoa. Mas não é tão simples assim, pois no penúltimo parágrafo do "Epílogo" surge um fato novo; após todas as façanhas, peripécias e desfecho das aventuras do herói, quando se transformou na Ursa Maior, o capítulo inicia-se com as frases — "Acabou-se a história e morreu a vitória. Não havia mais ninguém lá". E continua colocando um novo narrador:

> E só o papagaio no silêncio do Uraricoera preservava do esquecimento os casos e a fala desaparecida. Só o papagaio conservava no silêncio as frases e feitos do herói.
>
> Tudo ele contou pro homem e depois abriu asa rumo de Lisboa. E o homem sou eu, minha gente, e eu fiquei pra vos contar a história. Por isso que vim aqui. Me acocorei em riba destas folhas, catei meus carrapatos, ponteei na violinha e em toque rasgado botei a boca no mundo cantando na fala impura as frases e os casos de Macunaíma, herói de nossa gente.[8]

---

[8] Ibidem, p. 148.

O narrador só se denuncia no final, para justificar mais uma vez a classificação de rapsódia: ele é um poeta, à maneira dos narradores antigos das rapsódias e das epopeias, na mesma função dos cantadores populares, que, como nas feiras do Nordeste brasileiro, narram as histórias com que encantam o imaginário popular. Temos a proposta de Propp concretizada no sentido de valorizar a ação/função da história ou do personagem.

O próprio Mário de Andrade coloca — "É um livro cheio de histórias, onde o autor reuniu também copiosamente manifestações de costumes, superstições, provérbios, modismos vocabulares, frases feitas e cacoetes brasileiros. É uma sátira um pouco crua para poder cair nas mãos de qualquer pessoa. (...) Os casos tão curiosos que o herói viveu estariam perdidos da memória humana se não fosse no fim da vida Macunaíma ter-se acamaradado com um papagaio aruaí muito falador a quem contara tudo. E é com a cena do encontro entre o papagaio e o autor que o romance acaba." (RAMOS JR., 2012, p. 258)

MACUNAÍMA

o herói sem nenhum caráter

mário de andrade

I. Macunaíma

No fundo do mato-virgem nasceu Macunaíma, herói de nossa gente. Era preto retinto e filho do medo da noite. Houve um momento em que o silêncio foi tão grande escutando o murmurejo do Uraricoera, que a índia tapanhumas pariu uma criança feia. Essa criança é que chamaram de Macunaíma.

Já na meninice fez coisas de sarapantar. De primeiro passou mais de seis anos não falando. Si o incitavam a falar exclamava:

— Ai! que preguiça!... e não dizia mais nada. Ficava no canto da maloca, trepado no jirau de paxiúba, espiando o trabalho dos outros e principalmente os dois manos que tinha, Maanape já velhinho e Jiguê na força de homem. O divertimento dele era decepar cabeça de saúva. Vivia deitado mas, si punha os olhos em dinheiro, Macunaíma dandava pra ganhar vintém. E também espertava quando a família ia tomar banho no rio, todos juntos e nus. Passava o tempo do banho dando mergulho, e as mulheres soltavam gritos gozados por causa dos guaimuns diz que habitando a água-doce por lá. No mocambo si alguma cunhatã se aproximava dele pra fazer festinha, Macunaíma punha a mão nas graças dela, cunhatã se afastava. Nos machos guspia na cara. Porém respeitava os velhos, e frequentava com aplicação a murua a poracê o torê o bacorocô a cucuicogue, todas essas danças religiosas da tribo.

Quando era pra dormir trepava no macuru pequeninho sempre se esquecendo de mijar. Como a rede da mãe estava por debaixo do berço, o herói mijava quente na velha, espantando os mosquitos bem. Então adormecia sonhando palavras feias, imoralidades estrambólicas e dava patadas no ar.

Nas conversas das mulheres no pino do dia o assunto eram sempre as peraltagens do herói. As mulheres se riam muito simpatizadas, falando que "espinho que pinica, de pequeno já traz ponta", e numa pajelança Rei Nagô fez um discurso e avisou que o herói era inteligente.

Nem bem teve seis anos deram água num chocalho pra ele e Macunaíma principiou falando como todos. E pediu pra mãe que largasse da mandioca ralando na cevadeira e levasse ele passear no mato. A mãe não quis porque não podia largar da mandioca não. Macunaíma choramingou dia inteiro. De noite continuou chorando. No outro dia esperou com o olho esquerdo dormindo que a mãe principiasse o trabalho. Então pediu pra ela que largasse de tecer o paneiro de guarumá-membeca e levasse ele no mato passear. A mãe não quis porque não podia largar o paneiro não. E pediu pra nora, companheira de Jiguê, que levasse o menino. A companheira de Jiguê era bem moça e chamava Sofará. Foi se aproximando ressabiada porém desta vez Macunaíma ficou muito quieto sem botar a mão na graça de ninguém. A moça carregou o piá nas costas e foi até o pé de aninga na beira do rio. A água parara pra inventar um ponteio de gozo nas folhas do javari. O longe estava bonito com muitos biguás e biguatingas avoando na entrada do furo. A moça botou Macunaíma na praia porém ele principiou choramingando, que tinha muita formiga!... e pediu pra Sofará que o levasse até o derrame do morro lá dentro do mato, a moça fez. Mas assim que deitou o curumim nas tiriricas, tajás e trapoerabas da serrapilheira, ele botou corpo num átimo e ficou um príncipe lindo. Andaram por lá muito.

Quando voltaram pra maloca a moça parecia muito fatigada de tanto carregar piá nas costas. Era que o herói tinha brincado muito com ela. Nem bem ela deitou Macunaíma na rede, Jiguê já chegava de pescar de puçá e a companheira não trabalhara nada. Jiguê enquizilou e depois de catar os carrapatos deu nela muito. Sofará aguentou a sova sem falar um isto.

Jiguê não desconfiou de nada e começou trançando corda com fibra de curauá. Não vê que encontrara rasto fresco de anta e queria pegar o bicho na armadilha. Macunaíma pediu um pedaço de curauá pro mano porém Jiguê falou que aquilo não era brinquedo de criança. Macunaíma principiou chorando outra vez e a noite ficou bem difícil de passar pra todos.

No outro dia Jiguê levantou cedo pra fazer armadilha e enxergando o menino tristinho falou:

— Bom-dia, coraçãozinho dos outros.

Porém Macunaíma fechou-se em copas carrancudo.

— Não quer falar comigo, é?

— Estou de mal.

— Por causa?

Então Macunaíma pediu fibra de curauá. Jiguê olhou pra ele com ódio e mandou a companheira arranjar fio pro menino, a moça fez. Macunaíma agradeceu e foi pedir pro pai-de-terreiro que trançasse uma corda para ele e assoprasse bem nela fumaça de petum.

Quando tudo estava pronto, Macunaíma pediu pra mãe que deixasse o cachiri fermentando e levasse ele no mato passear. A velha não podia por causa do trabalho mas a companheira de Jiguê mui sonsa falou pra sogra que "estava às ordens". E foi no mato com o piá nas costas.

Quando o botou nos carurus e sororocas da serrapilheira, o pequeno foi crescendo foi crescendo e virou príncipe lindo. Falou pra Sofará esperar um bocadinho que já voltava pra brincarem e foi no bebedouro da anta armar um laço. Nem bem voltaram do passeio, tardinha, Jiguê já chegava também de prender a armadilha no rasto da anta. A companheira não trabalhara nada. Jiguê ficou fulo e antes de catar os carrapatos bateu nela muito. Mas Sofará aguentou a coça com paciência.

No outro dia a arraiada inda estava acabando de trepar nas árvores, Macunaíma acordou todos, fazendo um bué medonho, que fossem! que fossem no bebedouro buscar a bicha que ele caçara!... Porém ninguém não acreditou e todos principiaram o trabalho do dia.

Macunaíma ficou muito contrariado e pediu pra Sofará que desse uma chegadinha no bebedouro só para ver. A moça fez e voltou falando pra todos que de fato estava no laço uma anta muito grande já morta. Toda a tribo foi buscar a bicha, matutando na inteligência do curumim. Quando Jiguê chegou com a corda de curauá vazia, encontrou todos tratando da caça, ajudou. E quando foi pra repartir não deu nem um pedaço de carne pra Macunaíma, só tripas. O herói jurou vingança.

No outro dia pediu pra Sofará que levasse ele passear e ficaram no mato até a boca-da-noite. Nem bem o menino tocou no folhiço e virou num príncipe fogoso. Brincaram. Depois de brincarem três feitas, correram mato fora fazendo festinhas um pro outro. Depois das festinhas de cotucar, fizeram a das cócegas, depois se enterraram na areia, depois se queimaram com fogo de palha, isso foram muitas festinhas. Macunaíma pegou num tronco de copaíba e se escondeu por detrás da piranheira. Quando Sofará veio correndo, ele deu com o pau na cabeça dela. Fez uma brecha que a moça caiu torcendo de riso aos pés dele. Puxou-o por uma perna. Macunaíma gemia de gosto se agarrando no tronco gigante. Então a moça abocanhou o dedão do pé dele e engoliu. Macunaíma chorando de alegria tatuou o corpo dela com o sangue do pé. Depois retesou os músculos, se erguendo num trapézio de cipó e aos pulos atingiu num átimo o galho mais alto da piranheira. Sofará trepava atrás. O ramo fininho vergou oscilando com o peso do príncipe. Quando a moça chegou também no tope eles brincaram outra vez balanceando no céu. Depois de brincarem Macunaíma quis fazer uma festa em Sofará. Dobrou o corpo todo na violência dum puxão mas não pôde continuar, galho quebrou e ambos despencaram aos emboléus até se esborracharem no chão. Quando o herói voltou da sapituca procurou a moça em redor, não estava. Ia se erguendo pra buscá-la porém do galho baixo em riba dele furou o silêncio o miado temível da suçuarana. O herói se estatelou de medo e fechou os olhos pra ser comido sem ver. Então se escutou um risinho e Macunaíma tomou com uma gusparada no peito, era a moça. Macunaíma principiou atirando pedras nela e quando feria, Sofará gritava de excitação tatuando o corpo dele em baixo com o sangue espirrado. Afinal uma pedra lascou o canto da boca da moça e moeu três dentes. Ela pulou do galho e juque! tombou sentada na barriga do herói que a envolveu com o corpo todo, uivando de prazer. E brincaram mais outra vez.

Já a estrela Papaceia brilhava no céu quando a moça voltou parecendo muito fatigada de tanto carregar piá nas costas. Porém Jiguê desconfiado seguira os dois no mato, enxergara a transformação e o resto. Jiguê era muito bobo. Teve raiva. Pegou num rabo-de-tatu e chegou-o com vontade na bunda do herói. O berreiro foi tão imenso que encurtou o tamanhão da noite e muitos pássaros caíram de susto no chão e se transformaram em pedra.

Quando Jiguê não pôde mais surrar, Macunaíma correu até a capoeira, mastigou raiz de cardeiro e voltou são. Jiguê levou Sofará pro pai dela e dormiu folgado na rede.

II. Maioridade

Jiguê era muito bobo e no outro dia apareceu puxando pela mão uma cunhã. Era a companheira nova dele e chamava Iriqui. Ela trazia sempre um ratão vivo escondido na maçaroca dos cabelos e faceirava muito. Pintava a cara com araraúba e jenipapo e todas as manhãs passava coquinho de açaí nos beiços que ficavam totalmente roxos. Depois esfregava limão-de-caiena por cima e os beiços viravam totalmente encarnados. Então Iriqui se envolvia num manto de algodão listrado com preto de acariúba e verde de tatajuba e aromava os cabelos com essência de umiri, era linda.

Ora depois de todos comerem a anta de Macunaíma a fome bateu no mocambo. Caça, ninguém não pegava caça mais, nem algum tatu-galinha aparecia! e por causa de Maanape ter matado um boto pra comerem, o sapo cunauru chamado Maraguigana pai do boto fitou enfezado. Mandou a enchente e o milharal apodreceu. Comeram tudo, até a crueira dura se acabou e o fogaréu de noite e dia não moqueava nada não, era só pra remediar a friagem que caiu. Não havia pra gente assar nele nem uma isca de jobá.

Então Macunaíma quis se divertir um pouco. Falou pros manos que inda tinha muita piaba muito jeju muito matrinchão e jatuaranas, todos esses peixes do rio, fossem bater timbó! Maanape disse:

— Não se encontra mais timbó.

Macunaíma disfarçando secundou:

— Junto daquela grota onde tem dinheiro enterrado enxerguei um despotismo de timbó.

— Então venha com a gente pra mostrar onde que é.

Foram. A margem estava traiçoeira e nem se achava bem o que era terra o que era rio entre as mamoranas copadas. Maanape e Jiguê procuravam procuravam enlameados até os dentes, degringolando juque! nos barreiros ocultos pela inundação. E pulapulavam se livrando dos buracos, aos berros, com as mãos pra trás por causa dos candirus safadinhos querendo entrar por eles. Macunaíma ria por dentro vendo as micagens dos manos campeando timbó. Fingia campear também mas não dava passo não, bem enxutinho no firme. Quando os manos passavam perto dele, se agachava e gemia de fadiga.

— Deixe de trabucar assim, piá!

Então Macunaíma sentou numa barranca do rio e batendo com os pés n'água espantou os mosquitos. E eram muitos mosquitos, piuns maruins arurus tatuquiras muriçocas meruanhas mariguis borrachudos varejas, toda essa mosquitada.

Quando foi de tardezinha os manos vieram buscar Macunaíma tiriricas por não terem topado com nenhum pé de timbó. O herói teve medo e disfarçou:

— Acharam?

— Que achamos nada!

— Pois foi aqui mesmo que enxerguei timbó. Timbó já foi gente um dia que nem nós... Presenciou que andavam campeando ele e soverteu. Timbó foi gente um dia que nem nós...

Os manos se admiraram da inteligência do menino e voltaram os três pra maloca.

Macunaíma estava muito contrariado por causa da fome. No outro dia falou pra velha:

— Mãe, quem que leva nossa casa pra outra banda do rio lá no teso, quem que leva? Fecha os olhos um bocadinho, velha, e pergunta assim.

A velha fez. Macunaíma pediu pra ela ficar mais tempo com os olhos fechados e carregou tejupar marombas flechas piquás sapiquás corotes urupemas redes, todos esses trens pra um aberto do mato lá no teso do outro lado do rio. Quando a velha abriu os olhos estava tudo lá e tinha caça peixes, bananeiras dando, tinha comida por demais. Então foi cortar banana.

— Inda que mal lhe pergunte, mãe, porque a senhora arranca tanta pacova assim!

— Levar pra vosso mano Jiguê com a linda Iriqui e pra vosso mano Maanape que estão padecendo fome.

Macunaíma ficou muito contrariado. Maginou maginou e disse pra velha:

— Mãe, quem que leva nossa casa pra outra banda do rio lá no teso, quem que leva? Fecha os olhos um bocadinho, velha, e pergunta assim.

A velha fez. Macunaíma pediu pra ela ficar com os olhos fechados e levou todos os carregos, tudo, pro lugar em que estavam de já hoje no mondongo inundado. Quando a velha abriu os olhos tudo estava no lugar de dantes, vizinhando com os tejupares de mano Maanape e de mano Jiguê com a linda Iriqui. E todos ficaram roncando de fome outra vez.

Então a velha teve uma raiva malvada. Carregou o herói na cintura e partiu. Atravessou o mato e chegou no capoeirão chamado Cafundó do Judas. Andou légua e meia nele, nem se enxergava mato mais, era um coberto plano apenas movimentado com o pulinho dos cajueiros. Nem guaxe animava a solidão. A velha botou o curumim no campo onde ele podia crescer mais não e falou:

— Agora vossa mãe vai embora. Tu ficas perdido no coberto e podes crescer mais não.

E desapareceu. Macunaíma assuntou o deserto e sentiu que ia chorar. Mas não tinha ninguém por ali, não chorou não. Criou coragem e botou pé na estrada, tremelicando com as perninhas de arco. Vagamundou de déu em déu semana, até que topou com o Currupira moqueando carne, acompanhado do cachorro dele Papamel. E o Currupira vive no grelo do tucunzeiro e pede fumo pra gente. Macunaíma falou:

— Meu avô, dá caça pra mim comer?

— Sim, Currupira fez.

Cortou carne de perna moqueou e deu pro menino, perguntando:

— O que você está fazendo na capoeira, rapaiz!

— Passeando.

— Não diga!

— Pois é, passeando...

Então contou o castigo da mãe por causa dele ter sido malévolo pros manos. E contando o transporte da casa de novo pra deixa onde não tinha caça deu uma grande gargalhada. O Currupira olhou pra ele resmungou:

— Tu não é mais curumi, rapaiz, tu não é mais curumi não... Gente grande que faiz isso...

Macunaíma agradeceu e pediu pro Currupira ensinar o caminho pro mocambo dos Tapanhumas. O Currupira estava querendo mas era comer o herói, ensinou falso:

— Tu vai por aqui, menino-home, vai por aqui, passa pela frente daquele pau, quebra a mão esquerda, vira e volta por debaixo dos meus uaiariquinizês.

Macunaíma foi fazer a volta porém chegado na frente do pau, coçou a perninha e murmurou:

— Ai! que preguiça!...

e seguiu direito.

O Currupira esperou bastante porém curumim não chegava... Pois então o monstro amontou no viado, que é o cavalo dele, fincou o pé redondo na virilha do corredor e lá se foi gritando:

— Carne de minha perna! carne de minha perna!

Lá de dentro da barriga do herói a carne respondeu:

— Que foi?

Macunaíma apertou o passo e entrou correndo na caatinga porém o Currupira corria mais que ele e o menino isso vinha que vinha acochado pelo outro.

— Carne de minha perna! carne de minha perna!

A carne secundava:

— Que foi?

O piá estava desesperado. Era dia do casamento da raposa e a velha Vei, a Sol, relampeava nas gotinhas de chuva debulhando luz feito milho. Macunaíma chegou perto duma poça, bebeu água de lama e vomitou a carne.

— Carne de minha perna! carne de minha perna! que o Currupira vinha gritando.

— Que foi? secundou a carne já na poça.

Macunaíma ganhou os bredos por outro lado e escapou.

Légua e meia adiante por detrás dum formigueiro escutou uma voz cantando assim:

"Acuti pitá canhém..." lentamente.

Foi lá e topou com a cutia farinhando mandioca num tipiti de jacitara.

— Minha vó, dá aipim pra mim comer?

— Sim, cutia fez. Deu aipim pro menino, perguntando:

— Que que você está fazendo na caatinga, meu neto?

— Passeando.

— Ah o quê!

— Passeando, então!

Contou como enganara o Currupira e deu uma grande gargalhada. A cutia olhou pra ele e resmungou:

— Culumi faz isso não, meu neto, culumi faz isso não... Vou te igualar o corpo com o bestunto.

Então pegou na gamela cheia de caldo envenenado de aipim e jogou a lavagem no piá. Macunaíma fastou sarapantado mas só conseguiu livrar a cabeça, todo o resto do corpo se molhou. O herói deu um espirro e botou corpo. Foi desempenando crescendo fortificando e ficou do tamanho dum home taludo. Porém a cabeça não molhada ficou pra sempre rombuda e com carinha enjoativa de piá.

Macunaíma agradeceu o feito e frechou cantando pro mocambo nativo. A noite vinha besourenta enfiando as formigas na terra e tirando os mosquitos d'água. Fazia um calor de ninho no ar. A velha tapanhumas escutou a voz do filho no longe cinzado e se espantou. Macunaíma apareceu de cara amarrada e falou pra ela:

— Mãe, sonhei que caiu meu dente.

— Isso é morte de parente, comentou a velha.

— Bem que sei. A senhora vive mais uma Sol só. Isso mesmo porque me pariu.

No outro dia os manos foram pescar e caçar, a velha foi no roçado e Macunaíma ficou só com a companheira de Jiguê. Então ele virou na formiga quenquém e mordeu Iriqui pra fazer festa nela. Mas a moça atirou a quenquém longe. Então Macunaíma virou num pé de urucum. A linda Iriqui riu, colheu as sementes se faceirou toda pintando a cara e os distintivos. Ficou lindíssima. Então Macunaíma, de gostoso, virou gente outra feita e morou com a companheira de Jiguê.

Quando os manos voltaram da caça Jiguê percebeu a troca logo, porém Maanape falou pra ele que agora Macunaíma estava homem pra sempre e troncudo. Maanape era feiticeiro. Jiguê viu que a maloca estava cheia de alimentos, tinha pacova tinha milho tinha macaxeira, tinha aluá e cachiri, tinha maparás e camorins pescados, maracujá-michira ata abio sapota sapotilha, tinha paçoca de viado e carne fresca de cutiara, todos esses comes e bebes bons... Jiguê conferiu que não pagava a pena brigar com o mano e deixou a linda Iriqui pra ele. Deu um suspiro catou os carrapatos e dormiu folgado na rede.

No outro dia Macunaíma, depois de brincar cedinho com a linda Iriqui, saiu pra dar uma voltinha. Atravessou o reino encantado da Pedra Bonita em Pernambuco e quando estava chegando na cidade de Santarém topou com uma viada parida.

— Essa eu caço! ele fez. E perseguiu a viada. Esta escapuliu fácil mas o herói pôde pegar o filhinho dela que nem não andava quase, se escondeu por detrás duma carapanaúba e cotucando o viadinho fez ele berrar. A viada ficou feito louca, esbugalhou os olhos parou turtuveou e veio vindo veio vindo parou ali mesmo defronte chorando de amor. Então o herói flechou a viada parida. Ela caiu esperneou um bocado e ficou rija estirada no chão. O herói cantou vitória. Chegou perto da viada olhou que mais olhou e deu um grito, desmaiando. Tinha sido uma peça do Anhanga... Não era viada não, era a própria mãe tapanhumas que Macunaíma flechara e estava morta ali, toda arranhada com os espinhos das titaras e mandacarus do mato.

Quando o herói voltou da sapituca foi chamar os manos e os três chorando muito passaram a noite de guarda bebendo oloniti e comendo carimã com peixe. Madrugadinha pousaram o corpo da velha numa rede e foram enterrá-la por debaixo duma pedra no lugar chamado Pai da Tocandeira. Maanape que era um catimbozeiro de marca maior, foi que gravou o epitáfio. E era assim:

Jejuaram o tempo que o preceito mandava e Macunaíma gastou o jejum se lamentando heroicamente. A barriga da morta foi inchando foi inchando e no fim das chuvas tinha virado num cerro macio. Então Macunaíma deu a mão pra Iriqui, Iriqui deu a mão pra Maanape, Maanape deu a mão pra Jiguê e os quatro partiram por esse mundo.

III. Ci, mãe do mato

Uma feita os quatro iam seguindo por um caminho no mato e estavam penando muito de sede, longe dos igapós e das lagoas. Não tinha nem mesmo umbu no bairro e Vei, a Sol, esfiapando por entre a folhagem guascava sem parada o lombo dos andarengos. Suavam como numa pajelança em que todos tivessem besuntado o corpo com azeite de piquiá, marchavam. De repente Macunaíma parou riscando a noite do silêncio com um gesto imenso de alerta. Os outros estacaram. Não se escutava nada porém Macunaíma sussurrou:

— Tem coisa.

Deixaram a linda Iriqui se enfeitando sentada nas raízes duma samaúma e avançaram cautelosos. Já Vei estava farta de tanto guascar o lombo dos três manos quando légua e meia adiante Macunaíma escoteiro topou com uma cunhã dormindo. Era Ci, Mãe do Mato Logo viu pelo peito destro seco dela, que a moça fazia parte dessa tribo de mulheres sozinhas parando lá nas praias da lagoa Espelho da Lua, coada pelo Nhamundá. A cunhã era linda com o corpo chupado pelos vícios, colorido com jenipapo.

O herói se atirou por cima dela pra brincar. Ci não queria. Fez lança de flecha tridente enquanto Macunaíma puxava da pajeú. Foi um pega tremendo e por debaixo da copada reboavam os berros dos briguentos diminuindo de medo os corpos dos passarinhos. O herói apanhava. Recebera já um murro de fazer sangue no nariz e um lapo fundo de txara no rabo. A icamiaba não tinha nem um arranhãozinho e cada gesto que fazia era mais sangue no corpo do herói soltando berros formidandos que diminuíam de medo os corpos dos passarinhos. Afinal se vendo nas amarelas porque não podia mesmo com a icamiaba, o herói deitou fugindo chamando pelos manos:

— Me acudam que sinão eu mato! me acudam que sinão eu mato!

Os manos vieram e agarraram Ci. Maanape trançou os braços dela por detrás enquanto Jiguê com a murucu lhe dava uma porrada no coco. E a icamiaba caiu sem auxílio nas samambaias da serrapilheira. Quando ficou bem imóvel, Macunaíma se aproximou e brincou com a Mãe do Mato. Vieram então muitas jandaias, muitas araras vermelhas tuins coricas periquitos, muitos papagaios saudar Macunaíma, o novo Imperador do Mato-Virgem.

E os três manos seguiram com a companheira nova. Atravessaram a cidade das Flores evitaram o rio das Amarguras passando por debaixo do salto da Felicidade, tomaram a estrada dos Prazeres e chegaram no capão de Meu Bem que fica nos cerros da Venezuela. Foi de lá que Macunaíma imperou sobre os matos misteriosos, enquanto Ci comandava nos assaltos as mulheres empunhando txaras de três pontas.

O herói vivia sossegado. Passava os dias marupiara na rede matando formigas taiocas, chupitando golinhos estalados de pajuari e quando agarrava cantando acompanhado pelos sons gotejantes do cotcho, os matos reboavam com doçura adormecendo as cobras os carrapatos os mosquitos as formigas e os deuses ruins.

De noite Ci chegava recendendo resina de pau, sangrando das brigas e trepava na rede que ela mesmo tecera com fios de cabelo. Os dois brincavam e depois ficavam rindo um pro outro.

Ficavam rindo longo tempo, bem juntos. Ci aromava tanto que Macunaíma tinha tonteiras de moleza.

— Puxa, como você cheira, benzinho!

que ele murmuriava gozado. E escancarava as narinas mais. Vinha uma tonteira tão macota que o sono principiava pingando das pálpebras dele. Porém a Mãe do Mato inda não estava satisfeita não e com um jeito de rede que enlaçava os dois convidava o companheiro pra mais brinquedo. Morto de soneira, infernizado, Macunaíma brincava para não desmentir a fama só, porém quando Ci queria rir com ele de satisfação:

— Ai! que preguiça!...

que o herói suspirava enfarado. E dando as costas pra ela adormecia bem. Mas Ci queria brincar inda mais... Convidava convidava... O herói ferrado no sono. Então a Mãe do Mato pegava na txara e cotucava o companheiro. Macunaíma se acordava dando grandes gargalhadas estorcegando de cócegas.

— Faz isso não, oferecida!

— Faço!

— Deixa a gente dormir, meu bem...

— Vamos brincar.

— Ai! que preguiça!...

E brincavam mais outra vez

Porém nos dias de muito pajuari bebido, Ci encontrava o Imperador do Mato-Virgem largado por aí num porre mãe. Iam brincar e o herói esquecia no meio.

— Então, herói!

— Então o quê!

— Você não continua?

— Continua o quê!

— Pois, meus pecados, a gente está brincando e vai você para no meio!

— Ai! que preguiça...

Macunaíma mal esboçava de tão chumbado. E procurando um macio nos cabelos da companheira adormecia feliz.

Então pra animá-lo Ci empregava o estratagema sublime. Buscava no mato a folhagem do fogo da urtiga e sapecava com ela uma coça coçadeira no chuí do herói e na nalachítchi dela. Isso Macunaíma ficava que ficava um lião querendo. Ci também. E os dois brincavam que mais brincavam num deboche de ardor prodigioso.

Mas era nas noites de insônia que o gozo inventava mais. Quando todas as estrelas incendiadas derramavam sobre a Terra um óleo calorento que ninguém não suportava de tão quente, corria pelo mato uma presença de incêndio. Nem a passarinhada aguentava no ninho. Mexia inquieta o pescoço, voava pro galho em frente e no milagre mais enorme deste mundo inventava de supetão uma alvorada preta, cantacantando que não tinha fim. A bulha era tremenda o cheiro poderoso e o calor inda mais.

Macunaíma dava um safanão na rede atirando Ci longe. Ela acordava feito fúria e crescia pra cima dele. Brincavam assim. E agora despertados inteiramente pelo gozo inventavam artes novas de brincar.

Nem bem seis meses passaram e a Mãe do Mato pariu um filho encarnado. Isso, vieram famosas mulatadas da Bahia, do Recife, do Rio Grande do Norte e da Paraíba, e deram pra Mãe do Mato um laçarote rubro cor de mal, porque agora ela era mestra do cordão encarnado em todos os Pastoris de Natal. Depois foram-se embora com prazer e alegria, bailando que mais bailando, seguidas de futebóleres águias pequenos xodós seresteiros, toda essa rapaziada dorê. Macunaíma ficou de repouso o mês de preceito porém se recusou a jejuar. O pecurrucho tinha cabeça chata e Macunaíma inda a achatava mais batendo nela todos os dias e falando pro guri:

— Meu filho, cresce depressa pra você ir pra São Paulo ganhar muito dinheiro.

Todas as icamiabas queriam bem o menino encarnado e no primeiro banho dele puseram todas as joias da tribo pra que o pequeno fosse rico sempre. Mandaram buscar na Bolívia uma tesoura e enfiaram ela aberta debaixo do cabeceiro porque sinão Tutu Marambá vinha, chupava o umbigo do piá e o dedão do pé de Ci. Tutu Marambá veio, topou com a tesoura e se enganou: chupou o olho dela e foi-se embora satisfeito. Todos agora só matutavam no pecurrucho. Mandaram buscar pra ele em São Paulo os famosos sapatinhos de lã tricotados por dona Ana Francisca de Almeida Leite Morais e em Pernambuco as rendas "Rosa dos Alpes", "Flor de Guabiroba" e "Por ti padeço" tecidas pelas mãos de dona Joaquina Leitão mais conhecida pelo nome de Quinquina Cacunda. Filtravam o melhor tamarindo das irmãs Louro Vieira, de Óbidos, pro menino engolir no refresco o remedinho pra lombriga. Vida feliz, era bom!... Mas uma feita jucurutu pousou na maloca do Imperador e soltou o regougo agourento. Macunaíma tremeu assustado espantou os mosquitos e caiu no pajuari por demais pra ver si espantava o medo também. Bebeu e dormiu noite inteira. Então chegou a Cobra Preta e tanto que chupou o único peito vivo de Ci que não deixou nem o apojo. E como Jiguê não conseguira moçar nenhuma das icamiabas o curumim sem ama chupou o peito da mãe no outro dia, chupou mais, deu um suspiro envenenado e morreu.

Botaram o anjinho numa igaçaba esculpida com forma de jaboti e pros boitatás não comerem os olhos do morto o enterraram mesmo no centro da taba com muitos cantos muita dança e muito pajuari.

Terminada a função a companheira de Macunaíma, toda enfeitada ainda, tirou do colar um muiraquitã famoso, deu-o pro companheiro e subiu pro céu por um cipó. É lá que Ci vive agora nos trinques passeando, liberta das formigas, toda enfeitada ainda, toda enfeitada de luz, virada numa estrela. É a Beta do Centauro.

No outro dia quando Macunaíma foi visitar o túmulo do filho viu que nascera do corpo uma plantinha. Trataram dela com muito cuidado e foi o guaraná. Com as frutinhas piladas dessa planta é que a gente cura muita doença e se refresca durante os calorões de Vei, a Sol.

IV. Boiúna Luna

No outro dia bem cedo o herói padecendo saudades de Ci a companheira pra sempre inesquecível, furou o beiço inferior e fez da muiraquitã um tembetá. Sentiu que ia chorar. Chamou depressa os manos, se despediu das icamiabas e partiu.

Gauderiaram gauderiaram por todos aqueles matos sobre os quais Macunaíma imperava agora. Por toda parte ele recebia homenagens e era sempre acompanhado pelo séquito de araras vermelhas e jandaias. Nas noites de amargura ele trepava num açaizeiro de frutas roxas como a alma dele e contemplava no céu a figura faceira de Ci. "Marvada!" que ele gemia... Então ficava muito sofrendo, muito! e invocava os deuses bons cantando cânticos de longa duração...

Rudá, Rudá!...
Tu que secas as chuvas,
Faz com que os ventos do oceano
Desembestem por minha terra
Pra que as nuvens vão-se embora
E a minha marvada brilhe

Limpinha e firme no céu!...
Faz com que amansem
Todas as águas dos rios
Pra que eu me banhando neles
Possa brincar com a marvada
Refletida no espelho das águas!...

Assim. Então descia e chorava encostado no ombro de Maanape. Jiguê soluçando de pena animava o fogo da caieira pra que o herói não sentisse frio. Maanape engolia as lágrimas, invocando o Acutipuru o Murucututu o Ducucu, todos esses donos do sono em acalantos assim:

Acutipuru,
Empresta vosso sono
Pra Macunaíma
Que é muito manhoso!...

Catava os carrapatos do herói e o acalmava balanceando o corpo. O herói acalmava acalmava e adormecia bem.

No outro dia os três estradeiros recomeçavam a caminhada através dos matos misteriosos. E Macunaíma era sempre seguido pelo séquito de araras vermelhas e jandaias.

Caminhando caminhando, uma feita em que a arraiada principiava enxotando a escureza da noite, escutaram longe um lamento de moça. Foram ver. Andaram légua e meia e encontraram uma cascata chorando sem parada. Macunaíma perguntou pra cascata:

— Que é isso!

— Chouriço!

— Conta o que é.

E a cascata contou o que tinha sucedido pra ela.

— Não vê que chamo Naipi e sou filha do tuxaua Mexê-Mexoitiqui nome que na minha fala quer dizer Engatinha-Engatinha. Eu era uma boniteza de cunhatã e todos os tuxauas vizinhos desejavam dormir na minha rede e provar meu corpo mais molengo que embiroçu. Porém quando algum vinha eu dava dentadas e pontapés por amor de experimentar a força dele. E todos não aguentavam e partiam sorumbáticos.

Minha tribo era escrava da boiúna Capei que morava num covão em companhia das saúvas. Sempre no tempo em que os ipês de beira-rio se amarelavam de flores a boiúna vinha na taba escolher a cunhã virgem que ia dormir com ela na socava cheia de esqueletos.

Quando meu corpo chorou sangue pedindo força de homem pra servir, a suinara cantou manhãzinha nas jarinas de meu tejupá, veio Capei e me escolheu. Os ipês de beira-rio relampeavam de amarelo e todas as flores caíram nos ombros soluçando do moço Titçatê guerreiro de meu pai. A tristura talqualmente correição de sacassaia viera na taba e devorara até o silêncio.

Quando o pajé velho tirou a noite do buraco outra vez, Titçatê ajuntou as florzinhas perto dele e veio com elas pra rede da minha última noite livre. Então mordi Titçatê.

O sangue espirrou na munheca mordida porém o moço não fez caso não, gemeu de raiva amando, me encheu a boca de flores que não pude mais morder. Titçatê pulou na rede e Naipi serviu Titçatê.

Depois que brincamos feito doidos entre sangue escorrendo e as florzinhas de ipê, meu vencedor me carregou no ombro me jogou na ipeigara abicada num esconderijo de aturiás e flechou pro largo rio Zangado, fugindo da boiúna.

No outro dia quando o pajé velho guardou a noite no buraco outra vez, Capei foi me buscar e encontrou a rede sangrando vazia. Deu um urro e deitou correndo em busca nossa. Vinha vindo vinha vindo, a gente escutava o urro dela perto, mais perto pertinho e afinal as águas do rio Zangado empinaram com o corpo da boiúna ali.

Titçatê não podia mais remar desfalecido, sangrando sempre com a mordida na munheca. Por isso que não pudemos fugir. Capei me prendeu, me revirou, fez a sorte do ovo em mim, deu certo e a boiúna viu que eu já servira Titçatê.

Quis acabar com o mundo de raiva tamanha, não sei... me virou nesta pedra e atirou Titçatê na praia do rio, transformado numa planta. É aquela uma que está lá, lá em baixo, lá! É aquele mururê tão lindo que se enxerga, bracejando n'água pra mim. As flores roxas dele são os pingos de sangue da mordida, que meu frio de cascata regelou.

Capei mora em baixo de mim, examinando sempre si fui mesmo brincada pelo moço. Fui sim, e passarei chorando nesta pedra até o fim do que não tem fim, mágoas de não servir mais o meu guerreiro T'çatê...

Parou. O choro pingava nos joelhos de Macunaíma e ele soluçou tremido.

— Si... si... si a boiúna aparecesse eu... eu matava ela!

Então se escutou um urro guaçu e Capei veio saindo d'água. E Capei era a boiúna. Macunaíma ergueu o busto relumeando de heroísmo e avançou pro monstro. Capei escancarou a goela e soltou uma nuvem de apiacás. Macunaíma bateu que mais bateu vencendo os marimbondos. O monstro atirou uma guascada tirlintando com os guizos do rabo, porém nesse momento uma formiga tracuá mordeu o calcanhar do herói. Ele agachou distraído com a dor e o rabo passou por cima dele indo bater na cara de Capei. Então ela urrou mais e deu um bote na coxa de Macunaíma. Ele só fez um afastadinho com o corpo, agarrou num rochedo e juque! decepou a cabeça da bicha.

O corpo dela se estorceu na corrente enquanto a cabeça com aqueles olhões docinhos vinha beijar vencida os pés do vingador. O herói teve medo e jogou no viado mato dentro acompanhado pelos manos.

— Vem cá, siriri, vem cá! que a cabeça gritava.

Eles chispavam mais. Correram légua e meia e olharam pra trás. A cabeça de Capei vinha rolando sempre em busca deles. Correram mais e quando não podiam de fadiga treparam num bacuparizeiro ribeirinho pra ver si a cabeça continuava pra diante. Mas cabeça parou por debaixo do pau e pediu bacuparis.

Macunaíma sacudiu a árvore. A cabeça catou as frutas do chão, comeu e pediu mais. Jiguê sacudiu bacuparis dentro d'água porém a cabeça falou que lá não ia não. Então Maanape atirou com toda a força uma fruta longe e enquanto a cabeça ia buscá-la os manos desceram do pau e se rasparam. Correndo correndo, légua e meia adiante deram com a casa onde morava o bacharel de Cananeia. O coroca estava na porta sentado e lia manuscritos profundos. Macunaíma falou pra ele:

— Como vai, bacharel?

— Menos mal, ignoto viajor.

— Tomando a fresca, não?

— C'est vrai, como dizem os franceses.

— Bem, té-logo bacharel, estou meio afobado...

E chisparam outra vez. Atravessaram os sambaquis do Caputera e do Morrete num respiro. Logo adiante havia um rancho teatino. Entraram e fecharam a borta bem. Então Macunaíma pôs reparo que perdera o tembetá. Ficou desesperado porque era a única lembrança que guardava de Ci. Ia saindo pra campear a pedra porém os manos não deixaram. Não durou muito a cabeça chegou. Juque! bateu.

— Que que há?

— Abra a porta pra mim entrar!

Porém jacaré abriu? nem eles! e a cabeça não pôde entrar. Macunaíma não sabia que a cabeça ficara escrava dele e não vinha pra fazer mal não. A cabeça esperou muito porém vendo que não abriam mesmo matutou no que ia ser. Si fosse ser água os outros bebiam, si fosse mosquito flitavam, si fosse trem de ferro descarrilava, si fosse rio punham no mapa... Resolveu: "Vou ser Lua". Gritou:

— Abram a porta, gente, que quero umas coisas!

Macunaíma espiou pela fresta e avisou Jiguê já abrindo:

— Está solta!

Jiguê tornou a fechar a porta. Por isso que existe a expressão "Tá solto!" indicando que a gente não faz mesmo o que nos pedem.

Quando Capei viu que não abriam a porta principiou se lamentando muito e perguntou pra iandu caranguejeira si ajudava a subida pro céu.

— Meu fio Sol derrete, secundou a aranha tatamanha.

Então a cabeça pediu pros xexéus se ajuntarem e ficou noite escura.

— Meu fio ninguém não enxerga de noite, disse a aranha tatamanha.

A cabeça foi buscar um cuitê de friagem nos Andes e falou:

— Despeja uma gota cada légua e meia, fio branqueia de geada. Podemos ir.

— Pois então vamos.

A iandu principiou fazendo fio no chão. Com o primeiro ventinho que brisou por ali o fio leviano se ergueu no céu. Então a aranha tatamanha subiu por ele e da ponta lá em riba derramou um bocado de geada. E enquanto a iandu caranguejeira fazia mais fio de lá pra riba, o de baixo branqueava todo. A cabeça gritou:

— Adeus, meu povo, que vou pro céu!

E lá foi comendo fio sobessubindo pro campo vasto do céu. Os manos abriram a porta e espiaram. Capei sempre subindo.

— Você vai mesmo pro céu, cabeça?

— Uum, ela fez não podendo mais abrir a boca.

Quando foi ali pela hora antes da madrugada a boiúna Capei chegou no céu. Estava gorducha de tanto fio comido e muito pálida do esforço. Todo o suor dela caía sobre a Terra em gotinhas de orvalho novo. Por causa do fio geado é que Capei é tão fria. Dantes Capei foi a boiúna mas agora é a cabeça da Lua lá no campo vasto do céu. Desde essa feita as caranguejeiras preferem fazer fio de noite.

No outro dia os manos deram um campo até a beira do rio mas campearam, campearam em vão, nada de muiraquitã. Perguntaram pra todos os seres, aperemas saguis tatus-mulitas tejus mussuãs da terra e das árvores, tapiucabas chabós matinta-pereras pinica-paus e aracuãs do ar, pra ave japiim e seu compadre marimbondo, pra baratinha casadeira, pro pássaro que grita "Taám!" e sua companheira que responde "Taim!", pra lagartixa que anda de pique com o ratão, pros tambaquis tucunarés pirarucus curimatás do rio, os pecaís tapicurus e iererês da praia, todos esses entes vivos mas ninguém não vira nada, ninguém não sabia de nada. E os manos bateram pé na estrada outra vez, varando os domínios imperiais. O silêncio era feio e o desespero também. De vez em quando Macunaíma parava pensando na marvada... Que desejo batia nele! Parava tempo. Chorava muito tempo. As lágrimas escorregando pelas faces infantis do herói iam lhe batizar a peitaria cabeluda. Então ele suspirava sacudindo a cabecinha:

— Qual, manos! Amor primeiro não tem companheiro, não!...

Continuava a caminhar. E por toda parte recebia homenagens e era sempre seguido pelo séquito sarapintado de jandaias e araras vermelhas.

Uma feita em que deitara numa sombra enquanto esperava os manos pescando, o Negrinho do Pastoreio, pra quem Macunaíma rezava diariamente, se apiedou do panema e resolveu ajudá-lo. Mandou o passarinho uirapuru. Quando sinão quando o herói escutou um tatalar inquieto e o passarinho uirapuru pousou no joelho dele. Macunaíma fez um gesto de caceteação e enxotou o passarinho uirapuru. Nem bem minuto passado escutou de novo a bulha e o passarinho pousou na barriga dele. Macunaíma nem se amolou mais. Então o passarinho uirapuru agarrou cantando com doçura e o herói entendeu tudo o que ele cantava. E era que Macunaíma estava desinfeliz porque perdera a muiraquitã na praia do rio quando subia no bacupari. Porém agora, cantava o lamento do uirapuru, nunca mais que Macunaíma havia de ser marupiara não, porque uma tracajá engolira a muiraquitã e o mariscador que apanhara a tartaruga tinha vendido a pedra verde pra um regatão peruano se chamando Venceslau Pietro Pietra. O dono do talismã enriquecera e parava fazendeiro e baludo lá em São Paulo, a cidade macota lambida pelo igarapé Tietê.

Dito isto o passarinho uirapuru executou uma letra no ar e desapareceu. Quando os manos chegaram da pesca Macunaíma falou pra eles:

— Ia andando por um caminho negaceando um catingueiro e vai, presenciei um friúme no costado. Botei a mão e saiu uma lacraia mansa que me falou toda a verdade.

Então Macunaíma contou o paradeiro da muiraquitã e disse pros manos que estava disposto a ir em São Paulo procurar esse tal Venceslau Pietro Pietra e retomar o tembetá roubado.

... e cascavel faça ninho si eu não topo com a muiraquitã! Si vocês venham comigo muito que bem, si não, homem, antes só do que mal acompanhado! Mas eu tenho opinião de sapo e quando encasqueto uma coisa aguento firme no toco. Hei de ir só pra tirar a prosa do passarinho uirapuru, minto! da lacraia.

Depois que discursou Macunaíma deu uma grande gargalhada imaginando na peça que pregava no passarinho. Maanape e Jiguê resolveram ir com ele, mesmo porque o herói carecia de proteção.

V. Piaimã

No outro dia Macunaíma pulou cedo na ubá e deu uma chegada até a foz do rio Negro pra deixar a consciência na ilha de Marapatá. Deixou-a bem na ponta dum mandacaru de dez metros, pra não ser comida pelas saúvas. Voltou pro lugar onde os manos esperavam e no pino do dia os três rumaram pra margem esquerda da Sol.

Muitos casos sucederam nessa viagem por caatingas rios corredeiras, gerais, corgos, corredores de tabatinga matos-virgens e milagres do sertão. Macunaíma vinha com os dois manos pra São Paulo. Foi o Araguaia que facilitou-lhes a viagem. Por tantas conquistas e tantos feitos passados o herói não ajuntara um vintém só mas os tesouros herdados da icamiaba estrela estavam escondidos nas grunhas do Roraima lá. Desses tesouros Macunaíma apartou pra viagem nada menos de quarenta vezes quarenta milhões de bagos de cacau, a moeda tradicional. Calculou com eles um dilúvio de embarcações. E ficou lindo trepando pelo Araguaia aquele poder de igaras, duma em uma duzentas em ajojo que nem flecha na pele do rio. Na frente Macunaíma vinha de pé, carrancudo, procurando no longe a cidade. Matutava roendo os dedos agora cobertos de berrugas de tanto apontarem Ci estrela. Os manos remavam espantando os mosquitos e cada arranco dos remos, repercutindo nas duzentas igaras ligadas, despejava uma batelada de bagos na pele do rio, deixando uma esteira de chocolate onde os camuatás pirapitingas dourados piracanjubas uarus-uarás e bacus se regalavam.

Uma feita a Sol cobrira os três manos duma escaminha de suor e Macunaíma se lembrou de tomar banho. Porém no rio era impossível por causa das piranhas tão vorazes que de quando em quando na luta pra pegar um naco de irmã espedaçada, pulavam aos cachos pra fora d'água metro e mais. Então Macunaíma enxergou numa lapa bem no meio do rio uma cova cheia d'água. E a cova era que nem a marca dum pé gigante. Abicaram. O herói depois de muitos gritos por causa do frio da água entrou na cova e se lavou inteirinho.

Mas a água era encantada porque aquele buraco na lapa era marca do pezão do Sumé, do tempo em que andava pregando o evangelho de Jesus pra indiada brasileira. Quando o herói saiu do banho estava branco louro e de olhos azuizinhos, água lavara o pretume dele. E ninguém não seria capaz mais de indicar nele um filho da tribo retinta dos Tapanhumas.

Nem bem Jiguê percebeu o milagre, se atirou na marca do pezão do Sumé. Porém a água já estava muito suja da negrura do herói e por mais que Jiguê esfregasse feito maluco atirando água pra todos os lados só conseguiu ficar da cor do bronze novo. Macunaíma teve dó e consolou:

— Olhe, mano Jiguê, branco você ficou não, porém pretume foi-se e antes fanhoso que sem nariz.

Maanape então é que foi se lavar, mas Jiguê esborrifara toda a água encantada pra fora da cova. Tinha só um bocado lá no fundo e Maanape conseguiu molhar só a palma dos pés e das mãos. Por isso ficou negro bem filho da tribo dos Tapanhumas. Só que as palmas das mãos e dos pés dele são vermelhas por terem se limpado na água santa. Macunaíma teve dó e consolou:

— Não se avexe, mano Maanape, não se avexe não, mais sofreu nosso tio Judas!

E estava lindíssimo na Sol da lapa os três manos um louro um vermelho outro negro, de pé bem erguidos e nus. Todos os seres do mato espiavam assombrados. O jacareúna o jacaretinga, o jacaré-açu o jacaré-ururau de papo amarelo, todos esses jacarés botaram os olhos de rochedo pra fora d'água. Nos ramos das ingazeiras das aningas das mamoranas das embaúbas dos catauaris de beira-rio o macaco-prego o macaco-de-cheiro o guariba o bugio o cuatá o barrigudo o coxiú o cairara, todos os quarenta macacos do Brasil, todos, espiavam babando de inveja. E os sabiás, o sabiacica o sabiapoca o sabiaúna o sabiá-piranga o sabiá-gongá que quando come não me dá, o sabiá-barranco o sabiá-tropeiro o sabiá-laranjeira o sabiá-gute todos esses ficaram pasmos e esqueceram de acabar o trinado, vozeando vozeando com eloquência. Macunaíma teve ódio. Botou as mãos nas ancas e gritou pra natureza:

— Nunca viu não!

Então os seres naturais debandaram vivendo e os três manos seguiram caminho outra vez.

Porém entrando nas terras do igarapé Tietê adonde o burbom vogava e a moeda tradicional não era mais cacau, em vez, chamava arame contos contecos milréis borós tostão duzentorréis quinhentorréis, cinquenta paus, noventa bagarotes, e pelegas cobres xenxéns caraminguás selos bicos-de-coruja massuni bolada calcáreo gimbra siridó bicha e pataracos, assim, adonde até liga pra meia ninguém comprava nem por vinte mil cacaus. Macunaíma ficou muito contrariado. Ter de trabucar, ele, herói... Murmurou desolado:

— Ai! que preguiça!...

Resolveu abandonar a empresa, voltando pros pagos de que era imperador. Porém Maanape falou assim:

— Deixa de ser aruá, mano! Por morrer um caranguejo o mangue não bota luto! que diacho! desanima não que arranjo as coisas!

Quando chegaram em São Paulo, ensacou um pouco do tesouro pra comerem e barganhando o resto na Bolsa apurou perto de oitenta contos de réis. Maanape era feiticeiro. Oitenta contos não valia muito mas o herói refletiu bem e falou pros manos:

— Paciência. A gente se arruma com isso mesmo, quem quer cavalo sem tacha anda de a pé...

Com esses cobres é que Macunaíma viveu.

E foi numa boca-da-noite fria que os manos toparam com a cidade macota de São Paulo esparramada a beira-rio do igarapé Tietê. Primeiro foi a gritaria da papagaiada imperial se despedindo do herói. E lá se foi o bando sarapintado volvendo pros matos do norte.

Os manos entraram num cerrado cheio de inajás ouricuris ubussus bacabas mucajás miritis tucumãs trazendo no curuatá uma penachada de fumo em vez de palmas e cocos. Todas as estrelas tinham descido do céu branco de tão molhado de garoa e banzavam pela cidade. Macunaíma lembrou de procurar Ci. Êh! dessa ele nunca poderia esquecer não, porque a rede feiticeira que ela armara pros brinquedos fora tecida com os próprios cabelos dela e isso torna a tecedeira inesquecível. Macunaíma campeou campeou mas as estradas e terreiros estavam apinhados de cunhãs tão brancas tão alvinhas, tão!... Macunaíma gemia. Roçava nas cunhãs murmurejando com doçura: "Mani! Mani!

filhinhas-da-mandioca..." perdido de gosto e tanta formosura. Afinal escolheu três. Brincou com elas na rede estranha plantada no chão, numa maloca mais alta que a Paranaguara. Depois, por causa daquela rede ser dura, dormiu de atravessado sobre os corpos das cunhãs. E a noite custou pra ele quatrocentos bagarotes.

A inteligência do herói estava muito perturbada. Acordou com os berros da bicharia lá em baixo nas ruas, disparando entre as malocas temíveis. E aquele diacho de sagui-açu que o carregara pro alto do tapiri tamanho em que dormira... Que mundo de bichos! que despropósito de papões roncando, mauaris juruparis sacis e boitatás nos atalhos nas socavas nas cordas dos morros furados por grotões donde gentama saía muito branquinha branquíssima, de certo a filharada da mandioca!... A inteligência do herói estava muito perturbada. As cunhãs rindo tinham ensinado pra ele que o sagui-açu não era saguim não, chamava elevador e era uma máquina. De manhãzinha ensinaram que todos aqueles piados berros cuquiadas sopros roncos esturros não eram nada disso não, eram mas cláxons campainhas apitos buzinas e tudo era máquina. As onças pardas não eram onças pardas, se chamavam fordes hupmobiles chevrolés dodges mármons e eram máquinas. Os tamanduás os boitatás as inajás de curuatás de fumo, em vez, eram caminhões bondes autobondes anúncios-luminosos relógios faróis rádios motocicletas telefones gorjetas postes chaminés... Eram máquinas e tudo na cidade era só máquina! O herói aprendendo calado. De vez em quando estremecia. Voltava a ficar imóvel escutando assuntando maquinando numa cisma assombrada. Tomou-o um respeito cheio de inveja por essa deusa de deveras forçuda, Tupã famanado que os filhos-da-mandioca chamavam de Máquina, mais cantadeira que a Mãe-d'água, em bulhas de sarapantar.

Então resolveu ir brincar com a Máquina pra ser também imperador dos filhos-da-mandioca. Mas as três cunhãs deram muitas risadas e falaram que isso de deuses era gorda mentira antiga, que não tinha deus não e que com a máquina ninguém não brinca porque ela mata. A máquina não era deus não, nem possuía os distintivos femininos de que o herói gostava tanto. Era feita pelos homens. Se mexia com eletricidade com fogo com água com vento com fumo, os homens aproveitando as forças da natureza. Porém jacaré acreditou? nem o herói! Se levantou na cama e com um gesto, esse sim! bem guaçu de desdém, tó! batendo o antebraço esquerdo dentro do outro dobrado, mexeu com energia a munheca direita pras três cunhãs e partiu. Nesse instante, falam, ele inventou o gesto famanado de ofensa: a pacova.

E foi morar numa pensão com os manos. Estava com a boca cheia de sapinhos por causa daquela primeira noite de amor paulistano. Gemia com as dores e não havia meios de sarar até que Maanape roubou uma chave de sacrário e deu pra Macunaíma chupar. O herói chupou chupou e sarou bem. Maanape era feiticeiro.

Macunaíma passou então uma semana sem comer nem brincar só maquinando nas brigas sem vitória dos filhos-da-mandioca com a Máquina. A Máquina era que matava os homens porém os homens é que mandavam na Máquina... Constatou pasmo que os filhos-da-mandioca eram donos sem mistério e sem força da máquina sem mistério sem querer sem fastio, incapaz de explicar as infelicidades por si. Estava nostálgico assim. Até que uma noite, suspenso no terraço dum arranha-céu com os manos, Macunaíma concluiu:

— Os filhos-da-mandioca não ganham da máquina nem ela ganha deles nesta luta. Há empate.

Não concluiu mais nada porque inda não estava acostumado com discursos porém palpitava pra ele muito embrulhadamente muito! que a máquina devia de ser um deus de que os homens não eram verdadeiramente donos só porque não tinham feito dela uma Iara explicável mas apenas uma realidade do mundo. De toda essa embrulhada o pensamento dele sacou bem clarinha uma luz: os homens é que eram máquinas e as máquinas é que eram homens. Macunaíma deu uma grande gargalhada. Percebeu que estava livre outra vez e teve uma satisfa mãe. Virou Jiguê na máquina telefone, ligou pros cabarés encomendando lagosta e francesas.

No outro dia estava tão fatigado da farra que a saudade bateu nele. Se lembrou da muiraquitã. Resolveu agir logo porque primeira pancada é que mata cobra.

Venceslau Pietro Pietra morava num tejupar maravilhoso rodeado de mato no fim da rua Maranhão olhando pra noruega do Pacaembu. Macunaíma falou pra Maanape que ia dar uma chegadinha até lá por amor de conhecer Venceslau Pietro Pietra. Maanape fez um discurso mostrando as inconveniências de ir lá porque o regatão andava com o calcanhar pra frente e si Deus o assinalou alguma lhe achou. De certo um manuari malevo... Quem sabe si o gigante Piaimã comedor de gente!... Macunaíma não quis saber.

— Pois vou assim mesmo. Onde me conhecem honras me dão onde não me conhecem me darão ou não!

Então Maanape acompanhou o mano.

Por detrás do tejupar do regatão vivia a árvore Dzalaúra-Iegue que dá todas as frutas, cajus cajás cajamangas mangas abacaxis abacates jaboticabas graviolas sapotis pupunhas pitangas guajiru cheirando sovaco de preta, todas essas frutas e é mui alta. Os dois manos estavam com fome. Fizeram um zaiacúti com folhagem cortada pelas saúvas, esconderijo no galho mais baixo da árvore pra flecharem a caça devorando as frutas. Maanape falou pra Macunaíma:

— Olha, si algum pássaro cantar não secunda não, mano, sinão adeus minhas encomendas!

O herói mexeu a cabeça que sim. Maanape atirava com a sarabatana e Macunaíma recolhia por detrás do zaiacúti a caça caindo. Caça caía com estrondo e Macunaíma aparava os macucos macacos micos mutuns jacus jaós tucanos, todas essas caças. Porém o estrondo tirou Venceslau Pietro Pietra do farniente e ele veio saber o que era aquilo. E Venceslau Pietro Pietra era gigante Piaimã comedor de gente. Chegou na porta da casa e cantou feito pássaro:

— Ogoró! ogoró! ogoró! parecendo muito longe. Macunaíma secundou logo:

— Ogoró! ogoró! ogoró!

Maanape sabia do perigo e murmurou:

— Esconde, mano!

O herói escondeu por detrás do zaiacúti entre a caça morta e as formigas. Então gigante veio.

— Quem que secundou?

Maanape respondeu:

— Sei não.

— Quem que secundou?

— Sei não.

Treze vezes. Daí o gigante falou:

— Foi gente. Me mostra quem era.

Maanape jogou um macuco morto. Piaimã engoliu o macuco e falou:

— Foi gente. Me mostra quem era.

Maanape jogou um macaco morto. Piaimã engoliu-o e continuou:

— Foi gente. Me mostra quem era.

Então enxergou o dedo mindinho do herói escondido e atirou uma baníni na direção. Se ouviu um grito gemido comprido, juuuque! e Macunaíma agachou com a flecha enterrada no coração. O gigante falou pra Maanape:

— Atira a gente que eu cacei! Maanape atirou guaribas jaós mutuns mutum-de-vargem mutum-de-fava mutuporanga urus urumutum, todas essas caças porém Piaimã engolia e tornava a pedir a gente que ele flechara. Maanape não queria dar o herói e jogava as caças. Levaram muito tempo assim e Macunaíma já tinha morrido. Afinal Piaimã deu um berro medonho:

— Maanape, meu neto, deixa de conversa! Atira a gente que eu cacei que sinão te mato, velho safadinho!

Maanape não queria jogar o mano mesmo, pegou desesperado em seis caças duma vez um macuco um jacu uma jacutinga uma picota e uma piacoça e atirou no chão gritando:

— Toma seis!

Piaimã ficou danado. Agarrou quatro paus do mato, uma acapurana um angelim um apió e um carará, e veio com eles pra cima de Maanape:

— Sai do caminho, porqueira! jacaré não tem pescoço, formiga não tem caroço! comigo é só quatro paus na ponta da unha, jogador de caça falsa!

Então Maanape ficou com muito medo e jogou, truque! o herói no chão. Foi assim que Maanape com Piaimã inventaram o jogo sublime do truco.

Piaimã sossegou.

— Este mesmo.

Agarrou o defunto por uma perna e foi puxando. Entrou na casa. Maanape desceu da árvore desesperado. Quando ia pra seguir atrás do defunto mano topou com a formiguinha sarará chamada Cambgique. A sarará perguntou:

— O que você faz por aqui, parceiro!

— Vou atrás do gigante que matou meu mano.

— Vou também.

Então Cambgique sugou todo sangue do herói, esparramado no chão e nos ramos e sugando sempre as gotas do caminho foi mostrando o rasto pra Maanape.

Entraram na casa atravessaram o hall e a sala de jantar, passaram pela copa saíram no terraço do lado e pararam na frente do porão. Maanape acendeu uma tocha de jutaí e puderam descer a escadinha negra. Bem na porta da adega restejava a última gota de sangue. A porta estava fechada. Maanape coçou o nariz e perguntou pra Cambgique:

— E agora!

Então veio por debaixo da porta o carrapato Zlezlegue e perguntou pra Maanape:

— Agora o que, parceiro?

— Vou atrás do gigante que matou meu mano.

Zlezlegue falou:

— Está bom. Então fecha o olho, parceiro.

Maanapc fechou.

— Abre o olho, perceiro.

Maanape abriu e o carrapato Zlezlegue tinha virado numa chave yale. Maanape ergueu a chave do chão e abriu a porta. Zlezlegue virou carrapato outra vez e ensinou:

— Com as garrafas bem de cima você convence Piaimã.

E desapareceu. Maanape tirou dez garrafas, abriu e veio vindo um aroma perfeito. Era o cauim famoso chamado quiânti. Então Maanape entrou na outra sala da adega. O gigante estava aí com a companheira, uma caapora velha sempre cachimbando que se chamava Ceiuci e era muito gulosa. Maanape deu as garrafas pra Venceslau Pietro Pietra, um naco de fumo do Acará pra caapora e o casal esqueceu que havia mundo.

O herói picado em vinte vezes trinta torresminhos bubuiava na polenta fervendo. Maanape catou os pedacinhos e os ossos e estendeu tudo no cimento pra refrescar. Quando esfriaram a sarará Cambgique derramou por cima o sangue sugado. Então Maanape embrulhou todos os pedacinhos sangrando em folhas de bananeira, jogou o embrulho num sapiquá e tocou pra pensão.

Lá chegado botou o cesto de pé assoprou fumo nele e Macunaíma veio saindo meio pamonha ainda, muito desmerecido, do meio das folhas. Maanape deu guaraná pro mano e ele ficou taludo outra vez. Espantou os mosquitos e perguntou:

— O que foi que sucedeu pra mim?

— Mas, meus cuidados, não falei pra você não secundar cantiga de passarinho! falei sim, pois então!...

No outro dia Macunaíma acordou com escarlatina e levou todo o tempo da febre imaginando que carecia da máquina garrucha pra matar Venceslau Pietro Pietra. Nem bem sarou foi na casa dos ingleses pedir uma smith-wesson. Os ingleses falaram:

— As garruchas inda estão muito verdolengas porém vamos a ver si tem alguma têmpora.

Então foram em baixo da árvore garrucheira. Os ingleses falaram:

— Você fica esperando aqui. Se despencar alguma garrucha então pegue. Mas não deixa ela cair no chão não!

— Feito.

Os ingleses sacudiram sacudiram a árvore e caiu uma garrucha temporã. Os ingleses falaram:

— Essa está boa.

Macunaíma agradeceu e foi-se embora. Queria que os outros acreditassem que ele falava o inglês porém não falava nem sweetheart não, os manos é que falavam. Maanape também desejava garrucha balas e uísque. Macunaíma aconselhou:

— Você não fala inglês, bem, mano Maanape, vai lá e a volta é cruel. É capaz de pedir garrucha e darem conserva. Deixa que eu vou.

E foi falar outra vez com os ingleses. Debaixo da árvore garrucheira os ingleses sacolejaram os ramos porém não caiu nem uma garrucha não. Então foram debaixo da árvore baleira, os ingleses sacudiram e despencou um desperdício de balas que Macunaíma deixou cair no chão depois catou. — Agora uísque, falou.

Foram debaixo da árvore uisqueira, os ingleses sacudiram e despencaram duas caixas que Macunaíma pegou no ar. Agradeceu pros ingleses e voltou pra pensão. Lá chegado escondeu as caixas debaixo da cama e foi falar com o mano:

— Falei inglês com eles, mano, porém não tinha nem garrucha nem uísque por causa que passou uma correição de formiga oncinha e comeu tudo. As balas trago aqui. Agora dou minha garrucha pra você e quando alguém bulir comigo você atira.

Então virou Jiguê na máquina telefone, ligou pro gigante e xingou a mãe dele.

VI. A francesa e o gigante

Maanape gostava muito de café e Jiguê, muito de dormir. Macunaíma queria erguer um papiri pros três morarem porém jamais que papiri se acabava. Os puchirões goravam sempre porque Jiguê passava o dia dormindo e Maanape bebendo café. O herói teve raiva. Pegou numa colher, virou-a num bichinho e falou:

— Agora você fica sovertida no pó de café. Quando mano Maanape vier beber, morda a língua dele!

Então pegando num cabeceiro de algodão, virou-o numa taturana branca e falou:

— Agora você fica sovertida na maqueira. Quando mano Jiguê vier dormir, chupe o sangue dele!

Maanape já vinha entrando na pensão pra beber café outra vez. O bichinho picou a língua dele.

Ai! Maanape fez.

Macunaíma bem sonso falou:

— Está doendo, mano? Quando bichinho me pica não dói não.

Maanape teve raiva. Atirou o bichinho muito pra longe falando:

— Sai, praga!

Então Jiguê entrou na pensão pra tirar um corte. O marandová branquinho tanto chupou o sangue dele que até virou rosado.

— Ai! que Jiguê gritou.

E Macunaíma:

— Está doendo, mano? Ora veja só! Quando taturana me chupa até gosto.

Jiguê teve raiva e atirou a taturana longe falando:

— Sai, praga!

E então os três manos foram continuar a construção do papiri. Maanape e Jiguê ficaram dum lado e Macunaíma do outro pegava os tijolos que os manos atiravam. Maanape e Jiguê estavam tiriricas e desejando se vingar do mano. O herói não maliciava nada. Vai, Jiguê pegou num tijolo, porém pra não machucar muito virou-o numa bola de couro duríssima. Passou a bola pra Maanape que estava mais na frente e Maanape com um pontapé mandou ela bater em Macunaíma. Esborrachou todo o nariz do herói.

— Ui! que o herói fez.

Os manos bem sonsos gritaram:

— Uai! está doendo, mano! Pois quando bola bate na gente nem não dói!

Macunaíma teve raiva e atirando a bola com o pé bem pra longe falou:

— Sai, peste!

Veio onde estavam os manos:

— Não faço mais papiri, pronto!

E virou tijolos pedras telhas ferragens numa nuvem de içás que tomou São Paulo por três dias.

O bichinho caiu em Campinas. A taturana caiu por aí. A bola caiu no campo. E foi assim que Maanape inventou o bicho-do-café, Jiguê, a lagarta-rosada e Macunaíma, o futebol, três pragas.

No outro dia, com o pensamento sempre na marvada, o herói percebeu que xetrara mesmo duma vez e nunca mais que podia aparecer na rua Maranhão porque agora Venceslau Pietro Pietra já o conhecia bem. Imaginou imaginou e ali pelas quinze horas teve uma ideia. Resolveu enganar o gigante. Enfiou um membi na goela, virou Jiguê na máquina telefone e telefonou pra Venceslau Pietro Pietra que uma francesa queria falar com ele a respeito da máquina negócios. O outro secundou que sim e que viesse agorinha já porque a velha Ceiuci tinha saído com as duas filhas e podiam negociar mais folgado.

Então Macunaíma emprestou da patroa da pensão uns pares de bonitezas, a máquina ruge, a máquina meia-de-seda, a máquina combinação com cheiro de casca-sacaca, a máquina cinta aromada com capim cheiroso, a máquina decoletê úmida e patchuli, a máquina mitenes, todas essas bonitezas, dependurou dois mangarás nos peitos e se vestiu assim. Pra completar inda barreou com azul de pau campeche os olhinhos de piá que se tornaram lânguidos. Era tanta coisa que ficou pesado mas virou numa francesa tão linda que se defumou com jurema e alfinetou um raminho de pinhão paraguaio no patriotismo pra evitar quebranto. E foi no palácio de Venceslau Pietro Pietra. E Venceslau Pietro Pietra era o gigante Piaimã comedor de gente.

Saindo da pensão Macunaíma topou com um beija-flor com rabo de tesoura. Não gostou da caguira não e pensou abandonar o randevu porém como promessa é dívida fez um esconjuro e seguiu.

Lá chegado encontrou o gigante no portão, esperando. Depois de muitos salamaleques Piaimã tirou os carrapatos da francesa e levou-a pra uma alcova lindíssima com esteios de acaricoara e tesouras de itaúba. O assoalho era um xadrez de muirapiranga e pau-cetim. A alcova estava mobiliada com as famosas redes brancas do Maranhão. Bem no centro havia uma mesa de jacarandá esculpido arranjada com louça branco-encarnada de Breves e cerâmica de Belém, disposta sobre um toalha de rendas tecidas com fibras de bananeira. Numas bacias enormes originárias das cavernas do rio Gunani fumegava tacacá com tucupi, sopa feita com um paulista vindo dos frigoríficos da Continental, uma jacarezada e polenta. Os vinhos eram um Puro de Ica subidor vindo de Iquitos, um Porto imitação, de Minas, uma caiçuma de oitenta anos, champanha de São Paulo bem gelada e um extrato de jenipapo famanado e ruim como três dias de chuva. E inda havia, dispostos com arte enfeitadeira e muitos recortados de papel, os esplêndidos bombons Falchi e biscoitos do Rio Grande empilhados em cuias dum preto brilhante de cumaté com desenhos esculpidos a canivete, provindas de Monte Alegre.

A francesa sentou numa rede e fazendo gestos graciosos principiou mastigando. Estava com muita fome e comeu bem. Depois tomou um copo de Puro pra rebater e resolveu entrar no assunto de chapéu-de-sol aberto. Foi logo perguntando si o gigante era verdade que possuía uma muiraquitã com forma de jacaré. O gigante foi lá dentro e voltou com um caramujo na mão. E puxou pra fora dele uma pedra verde. Era a muiraquitã! Macunaíma sentiu um frio por dentro de tanta comoção e percebeu que ia chorar. Mas disfarçou bem perguntando si o gigante não queria vender a pedra. Porém Venceslau Pietro Pietra piscou faceiro dizendo que vendida não dava a pedra não. Então a francesa pediu suplicando pra levar a pedra de emprestado pra casa. Venceslau Pietro Pietra mais uma vez piscou faceiro falando que de emprestado não dava a pedra também não.

— Você imagina então que vou cedendo assim com duas risadas, francesa? Qual!

— Mas eu estou querendo tanto a pedra!...

— Vá querendo!

— Pois tanto se me dá como se me dava, regatão!

— Regatão uma ova, francesa! Dobre a língua! Colecionador é que é!

Foi lá dentro e voltou carregando um grajaú tamanho feito de embira e cheinho de pedra. Tinha turquesas esmeraldas berilos seixos polidos, ferragem com forma de agulha, crisólita pingo-d'água tinideira esmeril lapinha ovo-de-pomba osso-de-cavalo machados facões flechas de pedra lascada, grigris rochedos elefantes petrificados, colunas gregas, deuses egípcios, budas javaneses, obeliscos mesas mexicanas, ouro guianense, pedras ornitomorfas de Iguape, opalas do igarapé Alegre, rubis e granadas do rio Gurupi, itamotingas do rio das Garças, itacolomitos, turmalinas de Vupabuçu, blocos de titânio do rio Piriá, bauxitas do ribeirão do Macaco, fósseis calcáreos de Pirabas, pérolas de Cametá, o rochedo tamanho que Oaque o Pai do Tucano atirou com a sarabatana lá do alto daquela montanha, um litóglifo de Calamare, tinha todas essas pedras no grajaú.

Então Piaimã contou pra francesa que ele era um colecionador célebre, colecionava pedras. E a francesa era Macunaíma, o herói. Piaimã confessou que a joia da coleção era mesmo a muiraquitã com forma de jacaré comprada por mil contos da imperatriz das icamiabas lá nas praias da lagoa Jaciuruá. E tudo era mentira do gigante. Vai, ele sentou na rede mui rente da francesa, muito! e falou murmuriando que com ele era oito ou oitenta, não vendia não emprestava a pedra mas porém era capaz de dar... "Conforme..." O gigante estava mas era querendo brincar com a francesa. Quando por causa do jeito de Piaimã o herói entendeu o que significava o tal de "conforme", ficou muito inquieto. Matutou: "Será que o gigante imagina que sou francesa mesmo!... Cai fora, peruano sem-vergonha!". E saiu correndo pelo jardim. O gigante correu atrás. A francesa pulou numa moita pra se esconder porém estava uma pretinha lá. Macunaíma cochichou pra ela:

— Caterina, sai daí sim?

Caterina nem gesto. Macunaíma já meio impinimado com ela, cochichou:

— Caterina, sai daí que sinão te bato!

A mulatinha ali. Então Macunaíma deu um bruto dum tapa na peste e ficou com a mão grudada nela.

— Caterina, me larga minha mão e vai-te embora que te dou mais tapa, Caterina!

Caterina era mas uma boneca de cera de carnaúba posta ali pelo gigante. Ficou bem quieta. Macunaíma deu outro tapa com a mão livre e ficou mais preso.

— Caterina, Caterina! me larga minhas mãos e vai-te embora pixaim! sinão te dou um pontapé!

Deu o pontapé e ficou mais preso ainda. Afinal o herói ficou inteirinho grudado na Catita. Então chegou Piaimã com um cesto. Tirou a francesa da armadilha e berrou pro cesto:

— Abra a boca, cesto, abra a vossa grande boca! O cesto abriu a boca e o gigante despejou o herói nele. O cesto fechou a boca outra vez, Piaimã carregou-o e voltou. A francesa em vez de bolsa estava armada com o mênie que serve pra guardar as flechinhas da sarabatana. O gigante deixou o cesto encostado na porta de entrada e afundou casa a dentro pra guardar o mênie entre as pedras da coleção. Porém o mênie era de pano cheirando piché de caça. O gigante desconfiou daquilo e perguntou:

— Vossa mãe é tão cheirosa e gordinha que nem você, criatura?

E revirou os olhos de gosto. Ele estava maliciando que o mênie era filhinho da francesa. E a francesa era Macunaíma o herói. Lá do cesto ele escutou a pergunta e principiou ficando excessivamente inquieto. "Pois então será mesmo que esse tal de Venceslau imagina que passei por debaixo de algum arco-da-velha pra ter mudado a natureza? te esconjuro, credo!" Então assoprou raiz de cumacá em pó que bambeia cordas, bambeou o amarrilho do cesto e pulou pra fora. Ia saindo quando topou com o jaguara do gigante, que chamava Xaréu, nome de peixe pra não ficar hidrófobo. O herói teve medo e desembestou numa chispada mãe parque a dentro. O cachorro correu atrás. Correram correram. Passaram lá rente à Ponta do Calabouço, tomaram rumo de Guajará Mirim e voltaram pra leste. Em Itamaracá Macunaíma passou um pouco folgado e teve tempo de comer uma dúzia de manga-jasmim que nasceu do corpo de dona Sancha, dizem. Rumaram pra sudoeste e nas alturas de Barbacena o fugitivo avistou uma vaca no alto duma ladeira calçada com pedras pontudas. Lembrou de tomar leite. Subiu esperto pela capistrana pra não cansar porém a vaca era de raça Guzerá muito brava. Escondeu o leitinho pobre. Mas Macunaíma fez uma oração assim:

Valei-me Nossa Senhora,
Santo Antônio de Nazaré,
A vaca mansa dá leite,
A braba dá si quisé!

A vaca achou graça, deu leite e o herói chispou pro sul. Atravessando o Paraná já de volta dos pampas bem que ele queria trepar numa daquelas árvores porém os latidos estavam na cola dele e o herói isso vinha que vinha acochado pelo jaguara. Gritava:

— Sai, pau!

E desviava de cada castanheira, de cada pau-d'arco, de cada cumaru bom de trepar. Adiante da cidade de Serra no Espírito Santo quase arrebentou a cabeça numa pedra com muitas pinturas esculpidas que não se entendia. De certo era dinheiro enterrado... Porém Macunaíma estava com pressa e frechou pras barrancas da ilha do Bananal. Enfim enxergou um formigueiro de trinta metros abrindo um olho no rés do chão bem na frente. Barafustou subindo pelo buraco a dentro e se encolheu no alto. O jaguara ficou acuando ali.

Então o gigante veio e topou com o jaguara acuando o formigueiro. Bem na entrada a francesa perdera uma correntinha de prata. "Meu tesouro está aqui" murmurou o gigante. Então o jaguara desapareceu. Piaimã arrancou da terra com raiz e tudo uma palmeira inajá e nem deixou sinal no chão. Cortou o grelo do pau e enfiou-o pelo buraco por amor de fazer a francesa sair. Porém jacaré saiu? nem ela! Abriu as pernas e o herói ficou como se diz empalado na inajá. Vendo que a francesa não saía mesmo, Piaimã foi buscar pimenta. Trouxe uma correição das formigas anaquilãs que é pimenta de gigante, botou-as no buraco, elas ferraram no herói. Mas nem assim mesmo a francesa saiu. Piaimã jurou vingança. Pinchou fora as anaquilãs e gritou pra Macunaíma:

— Agora que te agarro mesmo porque vou buscar a jararaca Elitê!

Quando ouviu isso o herói gelou. Com a jararaca ninguém não pode não. Gritou pro gigante:

— Espera um bocado, gigante, que já saio.

Porém pra ganhar tempo tirou os mangarás do peito e botou na boca do buraco falando:

— Primeiro bota isso pra fora, faz favor.

Piaimã estava tão furibundo que atirou os mangarás longe. Macunaíma presenciou a raiva do gigante.

Tirou a máquina decoletê, pôs ela na boca do buraco, falando outra vez:

— Bota isso pra fora, faz favor.

Piaimã inda atirou o vestido mais longe. Então Macunaíma botou a máquina cinta, depois a máquina sapatos e foi fazendo assim com todas as roupas. O gigante isso já estava fumando de tão danado. Jogava tudo longe sem nem olhar o que era. Então bem de mansinho o herói pôs o sim-sinhô dele na boca do buraco e falou:

— Agora me bote fora só mais esta cabaça fedorenta.

Piaimã cego de raiva agarrou no sim-sinhô sem ver o que era e atirou sim-sinhô com herói e tudo légua e meia adiante. E ficou esperando pra sempre enquanto o herói lá longe ganhava os mororós.

Chegou na pensão tomando a bênção de cachorro e chamando gato de tio, só vendo! suando esfolado com fogo nos olhos, botando os bofes pela boca. Descansou um pedaço e como estava arado de fome bateu uma fritada de sururu de Maceió, um pato seco de Marajó molhando a janta com mocororó. Descansou.

Macunaíma estava muito contrariado. Venceslau Pietro Pietra era um colecionador célebre e ele não. Suava de inveja e afinal resolveu imitar o gigante. Porém não achava graça em colecionar pedra não porque já tinha uma imundície delas na terra dele pelos espigões, nos manadeiros nas corredeiras nas seladas e gupiaras altas. E todas essas pedras já tinham sido vespas formigas mosquitos carrapatos animais passarinhos gentes e cunhãs e cunhatãs e até as graças das cunhãs e das cunhatãs... Pra que mais pedra que é tão pesado de carregar!...

Estendeu os braços com moleza e murmurou:

— Ai! que preguiça!...

Matutou matutou e resolveu. Fazia uma coleção de palavras feias de que gostava tanto.

Se aplicou. Num átimo reuniu milietas delas em todas as falas vivas e até nas línguas grega e latina que estava estudando um bocado. A coleção italiana era completa, com palavras pra todas as horas do dia, todos os dias do ano, todas as circunstâncias da vida e sentimentos humanos. Cada bocagem! Mas a joia da coleção era uma frase indiana que nem se fala.

VII. Macumba

Macunaíma estava muito contrariado. Não conseguia reaver a muiraquitã e isso dava ódio. O milhor era matar Piaimã... Então saiu da cidade e foi no mato Fulano experimentar força. Campeou légua e meia e afinal enxergou uma peroba sem fim. Enfiou o braço na sapopemba e deu um puxão pra ver si arrancava o pau mas só o vento sacudia a folhagem na altura porém. "Inda não tenho bastante força não", Macunaíma refletiu. Agarrou num dente de ratinho chamado crô, fez uma bruta incisão na perna, de preceito pra quem é frouxo, e voltou sangrando pra pensão. Estava desconsolado de não ter força ainda e vinha numa distração tamanha que deu uma topada.

Então de tanta dor o herói viu no alto as estrelas e entre elas enxergou Capei minguadinha cercada de névoa. "Quando míngua a Luna não comeces coisa alguma" suspirou. E continuou consolado.

No outro dia o tempo estava inteiramente frio e o herói resolveu se vingar de Venceslau Pietro Pietra dando uma sova nele pra esquentar. Porém por causa de não ter força tinha mas era muito medo do gigante. Pois então resolveu tomar um trem e ir no Rio de Janeiro se socorrer de Exu diabo em cuja honra se realizava uma macumba no outro dia.

Era junho e o tempo estava inteiramente frio. A macumba se rezava lá no Mangue no zungu da tia Ciata, feiticeira como não tinha outra, mãe-de-santo famanada e cantadeira ao violão. Às vinte horas Macunaíma chegou na biboca levando debaixo do braço o garrafão de pinga obrigatório. Já tinha muita gente lá, gente direita, gente pobre, advogados garçons pedreiros meias-colheres deputados gatunos, todas essas gentes e a função ia principiando. Macunaíma tirou os sapatos e as meias como os outros e enfiou no pescoço a milonga feita de cera de vespa tatucaba e raiz seca de assacu. Entrou na sala cheia e afastando a mosquitada foi de quatro saudar a candomblezeira imóvel sentada na tripeça, não falando um isto. Tia Ciata era uma negra velha com um século no sofrimento, javevó e galguincha com a cabeleira branca esparramada feito luz em torno da cabeça pequetita. Ninguém mais não enxergava olhos nela, era só ossos duma compridez já sonolenta pendependendo pro chão de terra.

Vai, um rapaz filho de Oxum, falavam, filho de Nossa Senhora da Conceição cuja macumba era em dezembro, distribuiu uma vela acesa pra cada um dos marinheiros marceneiros jornalistas ricaços gamelas fêmeas empregados públicos, muitos empregados públicos! todas essas gentes e apagou o bico de gás alumiando a saleta.

Então a macumba principiou de deveras se fazendo um sairê pra saudar os santos. E era assim: na ponta vinha o ogã tocador de atabaque, um negrão filho de Ogum, bexiguento e fadista de profissão, se chamando Olelê Rui Barbosa. Tabaque mexemexia acertado num ritmo que manejou toda a procissão. E as velas jogaram, nas paredes de papel com florzinhas, sombras tremendo vagarentas feito assombração. Atrás do ogã vinha tia Ciata quase sem mexer, só beiços puxando a reza monótona. E então seguiam advogados taifeiros curandeiros poetas o herói gatunos portugas senadores, todas essas gentes dançando e cantando a resposta da reza. E era assim:

— Va-mo sa-ra-vá!...

Tia Ciata cantava o nome do santo que tinham de saudar:

— Ôh Olorung!

E a gente secundando:

— Va-mo sa-ra-vá!...

Tia Ciata continuava:

— Ô Boto Tucuchi!

E a gente secundando:

— Va-mo sa-ra-vá!...

Docinho numa reza mui monótona.

— Ô Iemanjá! Anamburucu! e Oxum! três Mães-d'água!

— Va-mo sa-ra-vá!...

Assim. E quando a tia Ciata parava gritando com gesto imenso:

— Sai Exu!

porque Exu era o diabo-coxo, um capiroto malévolo, mas bom porém pra fazer malvadezas, era um tormento na sala uivando:

— Uuum!... uuum!... Exu! Nosso padre Exu...!

E o nome do diabo reboava com estrondo diminuindo o tamanhão da noite fora. O sairê continuava:

— Ôh Rei Nagô!

— Va-mo sa-ra-vá!...

Docinho na reza monótona.

— Ôh Baru!

— Va-mo sa-ra-vá!...

Quando sinão quando tia Ciata parava gritando com gesto imenso:

— Sai Exu!

porque Exu era o pé-de-pato, um jananaíra malévolo. E de novo era o tormento na sala uivando:

— Uuuum!... Exu! Nosso padre Exu!...

E o nome do diabo reboava com estrondo encurtando o tamanho da noite.

— Ôh Oxalá!

— Va-mo sa-ra-vá!...

Era assim. Saudaram todos os santos da pajelança, o Boto Branco que dá os amores, Xangô, Omolu, Iroco Oxosse, a Boiúna Mãe Feroz, Obatalá que dá força pra brincar muito, todos esses santos e o sairê se acabou. Tia Ciata sentou na tripeça num canto e toda aquela gente suando, médicos padeiros engenheiros rábulas polícias criadas focas assassinos, Macunaíma, todos vieram botar as velas no chão rodeando a tripeça. As velas jogaram no teto a sombra da mãe-de-santo imóvel. Já quase todos tinham tirado algumas roupas e o respiro ficara chiado por causa do cheiro de mistura bodum coty pitium e o suor de todos. Então veio a vez de beber. E foi lá que Macunaíma provou pela primeira vez o cachiri temível cujo nome é cachaça. Provou estalando com a língua feliz e deu uma grande gargalhada.

Depois da bebida, entre bebidas, seguiram as rezas de invocação. Todos estavam inquietos ardentes desejando que um santo viesse na macumba daquela noite. Fazia já tempo que nenhum não vinha por mais que os outros pedissem. Porque a macumba da tia Ciata não era que nem essas macumbas falsas não, em que sempre o pai-de-terreiro fingia vir Xangô Oxosse qualquer, pra contentar os macumbeiros. Era uma macumba séria e quando santo aparecia, aparecia deveras sem nenhuma falsidade. Tia Ciata não permitia dessas desmoralizações no zungu dela e fazia mais de doze meses que Ogum nem Exu não apareciam no Mangue. Todos desejavam que Ogum viesse. Macunaíma queria Exu só pra se vingar de Venceslau Pietro Pietra.

Entre golinhos de abrideira, uns de joelhos outros de quatro, todas essas gentes seminuas rezavam em torno da feiticeira pedindo a aparição dum santo. À meia--noite foram lá dentro comer o bode cuja cabeça e patas já estavam lá no peji, na frente da imagem de Exu que era um tacuru de formigas com três conchas fazendo olhos e boca. O bode fora morto em honra do diabo e salgado com pó de chifre e esporão de galo-de-briga. A mãe-de-santo puxou a comilança com respeito e três pelos-sinais de atravessado. Toda a gente vendedores bibliófilos pés-rapados acadêmicos banqueiros, todas essas gentes dançando em volta da mesa cantavam:

Bamba querê
Sai Aruê
Mongi gongo
Sai Orobô,
  Êh!...

Ôh mungunzá
Bom acaçá
Vancê nhamanja
De pai Guenguê,
  Êh!...

E conversando pagodeando devoraram o bode consa-grado e cada qual buscando o garrafão de pinga dele porque ninguém não podia beber no de outro, todos beberam muita caninha, muita! Macunaíma dava grandes gargalhadas e de repente derrubou vinho na mesa. Era sinal de alegrão pra ele e todos imaginavam que o herói era o predestinado daquela noite santa. Não era não.

Nem bem reza recomeçou se viu pular no meio da saleta uma fêmea obrigando todos a silêncio com o gemido meio choro e puxar canto novo. Foi um tremor em todos e as velas jogaram a sombra da cunhã que nem monstro retorcido pro canto do teto, era Exu! Ogã pelejava batendo tabaque pra perceber os ritmos doidos do canto novo, canto livre, de notas afobadas cheio de saltos difíceis, êxtase maluco baixinho tremendo de fúria. E a polaca muito pintada na cara, com as alças da combinação arrebentadas estremecia no centro da saleta, já com as gorduras quasi inteiramente nuas. Os peitos dela balangavam batendo nos ombros na cara e depois na barriga, juque! com estrondo. E a ruiva cantando cantando. Afinal a espuminha rolou dos beiços desmanchados, ela deu um grito que diminuiu o tamanhão da noite mais, caiu no santo e ficou dura.

Passou um tempo de silêncio sagrado. Então tia Ciata se levantou da tripeça que uma mazombinha substituiu no sufragante por um banco novo nunca sentado, agora pertencendo pra outra. A mãe-de-terreiro veio vindo veio vindo. Ogã vinha com ela. Todos os outros estavam de pé se achatando nas paredes. Só tia Ciata veio vindo veio vindo e chegou junto do corpo duro da polaca no centro da saleta ali. A feiticeira tirou a roupa ficou nua, só com os colares os braceletes os brincos de contas de prata pingando nos ossos. Foi tirando da cuia que Ogã pegava, o sangue coalhado do bode comido e esfregando a pasta na cabeça da babalaô. Mas quando derramou o efém verdento em riba, a dura se estorceu gemida e cheiro iodado embebedou o ambiente. Então a mãe-de-santo entoou a reza sagrada de Exu, melopeia monótona.

Quando acabou, a fêmea abriu os olhos, principiou se movendo bem diferente de já hoje e não era mais fêmea era o cavalo do santo, era Exu. Era Exu, o romãozinho que viera ali com todos pra macumbar.

O par de nuas executava um jongo improvisado e festeiro que ritmava os estralos dos ossos da tia, os juques dos peitos da gorda e o ogã com batidos chatos. Todos estavam nus também e se esperava a escolha do Filho de Exu pelo grande Cão presente. Jongo temível. Macunaíma fremia de esperança querendo o cariapemba pra pedir uma tunda em Venceslau Pietro Pietra. Não se sabe o que deu nele de supetão, entrou gingando no meio da sala derrubou Exu e caiu por cima brincando com vitória. E a consagração do Filho de Exu novo era celebrada por licença de todos e todos se urarizaram em honra do filho novo do icá.

Terminada a cerimônia o diabo foi conduzido pra tripeça, principiando a adoração. Os ladrões os senadores os jecas os negros as senhoras os futebóleres, todos, vinham se rojando por debaixo do pó alaranjando a saleta e, depois de batida a cabeça com o lado esquerdo no chão, beijavam os joelhos beijavam todo o corpo do uamoti. A polaca vermelha tremendo rija pigando espuminha da boca em que todos molhavam o mata-piolho pra se benzerem de atravessado, gemia uns roncos regougados meio choro meio gozo e não era polaca mais, era Exu, o jurupari mais macanudo daquela religião.

Depois que todos beijaram adoraram e se benzeram muito, foi a hora dos pedidos e promessas. Um carniceiro pediu pra todos comprarem a carne doente dele e Exu consentiu. Um fazendeiro pediu pra não ter mais saúva nem maleita no sítio dele e Exu se riu falando que isso não consentia não. Um namorista pediu pra pequena dele conseguir o lugar de professora municipal pra casarem e Exu consentiu. Um médico fez um discurso pedindo pra escrever com muita elegância a fala portuguesa e Exu não consentiu. Assim. Afinal veio a vez de Macunaíma o filho novo do fute. E Macunaíma falou:

— Venho pedir pra meu pai por causa que estou muito contrariado.

— Como se chama? perguntou Exu.

— Macunaíma, o herói.

— Uhum... o maioral resmungou, nome principiado por Ma tem má-sina...

Mas recebeu com carinho o herói e prometeu tudo o que ele pedisse porque Macunaíma era filho. E o herói pediu que Exu fizesse sofrer Venceslau Pietro Pietra que era o gigante Piaimã comedor de gente.

Então foi horroroso o que se passou. Exu pegou três pauzinhos de erva-cidreira benta por padre apóstata, jogou pro alto, fez encruzilhada, mandando o eu de Venceslau Pietro Pietra vir dentro dele Exu pra apanhar. Esperou um momento, o eu do gigante veio, entrou dentro da fêmea, e Exu mandou o filho dar a sova no eu que estava encarnado no corpo polaco. O herói pegou uma tranca e chegou-a em Exu com vontade. Deu que mais deu. Exu gritava:

— Me espanca devagar
Que isto dói dói dói!
Também tenho família
E isto dói dói dói!

Enfim roxo de pancada sangrando pelo nariz pela boca pelos ouvidos caiu desmaiando no chão. E era horroroso... Macunaíma ordenou que o eu do gigante fosse tomar um banho salgado e fervendo e o corpo de Exu fumegou molhando o terreno. E Macunaíma ordenou que o eu do gigante fosse pisando vidro através dum mato de urtiga e agarra-compadre até as grunhas da serra dos Andes pleno inverno e o corpo de Exu sangrou com lapos de vidro, unhadas de espinhos e queimaduras de urtiga, ofegando de fadiga e tremendo de tanto frio. Era horroroso. E Macunaíma ordenou que o eu de Venceslau Pietro Pietra recebesse o guampaço dum marruá, o coice dum bagual, a dentada dum jacaré e os ferrões de quarenta vezes quarenta mil formigas-de-fogo e o corpo de Exu retorceu sangrando empolando na terra, com uma carreira de dentes numa perna, com quarenta vezes quarenta mil ferroadas na pele já invisível, com a testa quebrada pelo casco dum bagual e um furo de aspa aguda na barriga. A saleta se encheu dum cheiro intolerável. E Exu gemia:

— Me chifra devagar
Que isto dói dói dói!
Também tenho família
E isto dói dói dói!

Macunaíma ordenou muito tempo muitas coisas assim e tudo o eu de Venceslau Pietro Pietra aguentou pelo corpo de Exu. Afinal a vingança do herói não pôde inventar mais nada, parou. A fêmea só respirava levinho largada no chão de terra. Teve um silêncio fatigado. E era horroroso.

Lá no palácio da rua Maranhão em São Paulo tinha um corre-corre sem parada. Vinham médicos veio a Assistência todos estavam desesperados. Venceslau Pietro Pietra sangrava todo urrando. Mostrava uma chifrada na barriga, quebrou a testa que parecia coice de potro, queimado enregelado mordido e todo cheio das manchas e galos duma tremendérrima sova de pau.

Na macumba continuava o silêncio de horror. Tia Ciata veio maneira e principiou rezando a reza maior do diabo. Era a reza sacrílega entre todas, que se errando uma palavra dá morte, a reza do Padre Nosso Exu, e era assim:

— Padre Exu achado nosso que vós estais no trezeno inferno da esquerda de baixo, nóis te quereremo muito, nóis tudo!

— Quereremos! quereremos!

— ... O pai nosso Exu de cada dia nos dai hoje, seja feita vossa vontade assim também no terreiro da sanzala que pertence pro nosso padre Exu, por todo o sempre que assim seja, amém!...

Glória pra pátria jeje de Exu!

— Glória pro fio de Exu!

Macunaíma agradeceu. A tia acabou:

— Chico-t-era um príncipe jeje que virou nosso padre Exu dos século seculóro pra sempre que assim seja, amém.

— Pra sempre que assim seja, amém!

Exu ia sarando sarando, tudo foi desaparecendo por encanto quando a caninha circulou e o corpo da polaca virou são outra vez. Se escutou uma bulha tamanha e tomou o espaço um cheiro de breu queimado enquanto a fêmea deitava pela boca um anel de azeviche. Então voltou do desmaio vermelha gorda só que mui fatigada e agora estava só a polaca ali, Exu tinha ido embora.

E pra acabar todos fizeram a festa juntos comendo bom presunto e dançando um samba de arromba em que todas essas gentes se alegraram com muitas pândegas liberdosas. Então tudo acabou se fazendo a vida real. E os macumbeiros, Macunaíma, Jaime Ovalle, Dodô, Manu Bandeira, Blaise Cendrars, Ascenso Ferreira, Raul Bopp, Antônio Bento, todos esses macumbeiros saíram na madrugada.

VIII. Vei, a sol

Macunaíma ia seguindo e topou com a árvore Volomã bem alta. Num galho estava um pitiguari que nem bem enxergou o herói, se desgoelou cantando — "Olha no caminho quem vem! Olha no caminho quem vem!". Macunaíma olhou pra cima com intenção de agradecer mas Volomã estava cheinha de fruta. O herói vinha dando horas de tanta fome e a barriga dele empacou espiando aquelas sapotas sapotilhas sapotis bacuris abricôs mucajás miritis guabijus melancias ariticuns, todas essas frutas.

— Volomã, me dá uma fruta, Macunaíma pediu.

O pau não quis dar. Então o herói gritou duas vezes:

— Boiôiô, boiôiô! quizama quizu!

Caíram todas as frutas e ele comeu bem. Volomã ficou com ódio. Pegou o herói pelos pés e atirou-o pra além da baía de Guanabara numa ilhota deserta, habitada antigamente pela ninfa Alamoa que veio com os holandeses. Macunaíma pendia tanto de fadiga que pegou no sono durante o pulo. Caiu dormindo embaixo duma palmeirinha guairô muito aromada onde um urubu estava encarapitado.

Ora o pássaro careceu de fazer necessidade, fez e o herói ficou escorrendo sujeira de urubu. Já era de madrugadinha e o tempo estava inteiramente frio. Macunaíma acordou tremendo, todo enlambuzado. Assim mesmo examinou bem a pedra mirim da ilhota pra ver si não havia alguma cova com dinheiro enterrado. Não havia não. Nem a correntinha encantada de prata que indica, pro escolhido, tesouro de holandês. Havia só as formigas jaquitaguas ruivinhas.

Então passou Caiuanogue, a estrêla-da-manhã. Macunaíma já meio enjoado de tanto viver pediu pra ela que o carregasse pro céu. Caiuanogue foi se chegando porém o herói fedia muito.

— Vá tomar banho! ela fez. E foi-se embora.

Assim nasceu a expressão "Vá tomar banho!" que os brasileiros empregam se referindo a certos imigrantes europeus.

Vinha passando Capei, a Lua. Macunaíma gritou pra ela:

— Sua bênção, dindinha Lua!

— Uhum... que ela secundou.

Então ele pediu pra Lua que o carregasse pra ilha de Marajó. Capei veio chegando porém Macunaíma estava mesmo fedendo por demais.

— Vá tomar banho! ela fez. E foi-se embora.

E a expressão se fixou definitivamente.

Macunaíma gritou pra Capei que pelo menos desse um foguinho pra ele aquecer.

— Peça no vizinho! ela fez apontando pra Sol que já vinha lá no longe remando pelo paraná guaçu. E foi-se embora.

Macunaíma tremia que mais tremia e o urubu sempre fazendo necessidade em riba dele. Era por causa da pedra ser muito pequetitinha. Vei vinha chegando vermelha e toda molhada de suor. E Vei era a Sol. Foi muito bom pra Macunaíma porque lá em casa ele sempre dera presentinhos de bolo-de-aipim pra Sol lamber secando.

Vei tomou Macunaíma na jangada que tinha uma vela cor-de-ferrugem pintada com muruci e fez as três filhas limparem o herói, catarem os carrapatos e examinarem si as unhas dele estavam limpas. E Macunaíma ficou alinhado outra vez. Porém por causa dela estar velha vermelha e tão suando o herói não maliciava que a coroca era mesmo a Sol, a boa da Sol poncho dos probres. Por isso pediu pra ela que chamasse Vei com seu calor porque ele estava lavadinho bem mas tremendo de tanto frio. Vei era a Sol mesmo e andava matinando fazer Macunaíma genro dela. Só que ainda não podia aquentar ninguém não, porque era cedo por demais, não tinha força. Pra distrair a espera assobiou dum jeito e as três filhas dela fizeram muitos cafunés e cosquinhas no corpo todo do herói.

Ele dava risadas chatas, se espremendo de cócegas e gostando muito. Quando elas paravam pedia mais estorcendo já de antegozo. Vei pôs reparo na sem-vergonhice do herói, teve raiva. Foi ficando sem vontade de tirar fogo do corpo e esquentar ninguém. Então as cunhatãs agarraram na mãe, amarraram bem ela e Macunaíma dando muitos munhecaços na barriga da bruaca saiu que saiu um fogaréu por detrás e todos se aquentaram.

Principiou um calorão que tomou a jangada, se alastrou nas águas e dourou a face limpa do ar. Macunaíma deitado na jangada lagarteava numa quebreira azul. E o silêncio alargando tudo...

— Ai... que preguiça...

O herói suspirou. Se ouvia o murmurejo da onda, só. Veio um enfaro feliz subindo pelo corpo de Macunaíma, era bom... A cunhatã mais moça batia o urucungo que a mãe trouxera da África. Era vasto o paraná e não tinha uma nuvem na gupiara elevada do céu. Macunaíma cruzou as munhecas no alto por detrás fazendo um cabeceiro com as mãos e enquanto a filha-da-luz mais velha afastava os mosquitos borrachudos em quantidade, a terceira chinoca com as pontas das tranças fazia estremecer de gosto a barriga do herói. Era se rindo em plena felicidade, parando pra gozar de estrofe em estrofe que ele cantava assim:

Quando eu morrer não me chores,
Deixo a vida sem sodade;
— Mandu sarará,

Tive por pai o desterro,
Por mãe a infelicidade,
— Mandu sarará,

Papai chegou e me disse:
— Não hás de ter um amor!
— Mandu sarará,

Mamãe veio e me botou
Um colar feito de dor,
— Mandu sarará,

Que o tatu prepare a cova
Dos seus dentes desdentados,
— Mandu sarará,

Para o mais desinfeliz
De todos os desgraçados,
— Mandu sarará...

Era bom... O corpo dele relumeava de ouro cinzando nos cristaizinhos do sal e por causa do cheiro da maresia, por causa do remo pachorrento de Vei, e com a barriga assim mexemexendo com cosquinhas de mulher, ah!... Macunaíma gozou do nosso gozo, ah!... "Puxavante! que filha-duma... de gostosura, gente!" exclamou. E cerrando os olhos malandros, com a boca rindo num riso moleque safado de vida boa o herói gostou gostou e adormeceu.

Quando a jacumã de Vei não embalou mais o sono dele Macunaíma acordou. Lá no longe se percebia mais que tudo um arranha-céu cor-de-rosa. A jangada estava abicada na caiçara da maloca sublime do Rio de Janeiro.

Ali mesmo na beira d'água tinha um cerradão comprido cheinho da árvore pau-brasil e com palácios de cor nos dois lados. E o cerradão era a avenida Rio Branco. Aí que mora Vei a Sol com suas três filhas de luz. Vei queria que Macunaíma ficasse genro dela porque afinal das contas ele era um herói e tinha dado tanto bolo-de-aipim pra ela chupar secando, falou:

— Meu genro: você carece de casar com uma das minhas filhas. O dote que dou pra ti é Oropa França e Bahia. Mas porém você tem de ser fiel e não andar assim brincando com as outras cunhãs por aí.

Macunaíma agradeceu e prometeu que sim jurando pela memória da mãe dele. Então Vei saiu com as três filhas pra fazer o dia no cerradão, ordenando mais uma vez que Macunaíma não saísse da jangada pra não andar brincando com as outras cunhãs por aí. Macunaíma tornou a prometer, jurando outra vez pela mãe.

Nem bem Vei com as três filhas entraram no cerradão que Macunaíma ficou cheio de vontade de ir brincar com uma cunhã. Acendeu um cigarro e a vontade foi subindo. Lá por debaixo das árvores passavam muitas cunhãs cunhé cunhé se mexemexendo com talento e formosura.

— Pois que fogo devore tudo! Macunaíma exclamou. — Não sou frouxo agora pra mulher me fazer mal!

E uma luz vasta brilhou no cérebro dele. Se ergueu na jangada e com os braços oscilando por cima da pátria decretou solene:

— POUCA SAÚDE E MUITA SAÚVA, OS MALES DO BRASIL SÃO!

Pulou da jangada no sufragante, foi fazer continência diante da imagem de Santo Antônio que era capitão de regimento e depois deu em cima de todas as cunhãs por aí. Logo topou com uma que fora varina lá na terrinha do compadre chegadinho-chegadinho e inda cheirava no mais! um fartum bem de peixe. Macunaíma piscou pra ela e os dois vieram na jangada brincar. Fizeram. Bastante eles brincaram. Agora estão se rindo um pro outro.

Quando Vei com suas três filhas chegaram do dia e era a boca-da-noite as moças que vinham na frente encontraram Macunaíma e a portuguesa brincando mais. Então as três filhas de luz se zangaram:

— Então é assim que se faz, herói! Pois nossa mãe Vei não falou pra você não sair da jangada e não ir brincar com as outras cunhãs por aí?!

— Estava muito tristinho! o herói fez.

— Não tem que tristinho nem mané tristinho, herói! Agora que você vai tomar um pito de nossa mãe Vei!

E viraram muito zangadas pra velha:

— Veja, nossa mãe Vei, o que vosso genro fez! Nem bem a gente foi no cerradão que ele escapuliu, deu em cima duma boa, trouxe ela na vossa jangada e brincaram até mais não! Agora estão se rindo um pro outro!

Então a Sol se queimou e ralhou assim:

— Ara ara, ara, meus cuidados! Pois não falei pra você não dar em cima de nenhuma cunhã não!... Falei sim! E inda por cima você brinca com ela na jangada minha e agora estão se rindo um pro outro!

— Estava muito tristinho! Macunaíma repetiu.

— Pois si você tivesse me obedecido casava com uma das minhas filhas e havia de ser sempre moço e bonitão. Agora você fica pouco tempo moço talqualmente os outros homens e depois vai ficando mocetudo e sem graça nenhuma.

Macunaíma sentiu vontade de chorar. Suspirou:

— Si eu subesse...

— O "si eu subesse" é santo que nunca não valeu pra ninguém, meus cuidados! Você o que é mas é muito safadinho, isso sim! Não te dou mais nenhuma das minhas filhas não!

Daí Macunaíma pisou nos calos também:

— Pois nem eu queria nenhuma das três, sabe! Três, diabo fez!

Então Vei com as três filhas foram pedir pouso num hotel e deixaram Macunaíma dormir com a portuga na jangada.

Quando foi ali pela hora antes da madrugada, veio a Sol com as moças pra darem o passeio na baía e encontraram Macunaíma com a portuguesa inda pegados no sono. Vei acordou os dois e fez presente da pedra Vató pra Macunaíma. E a pedra Vató dá fogo quando a gente quer. E lá se foi a Sol com as três filhas de luz.

Macunaíma inda passou esse dia brincando com a varina pela cidade. Quando foi de noite eles estavam dormindo num banco do Flamengo quando chegou uma assombração medonha. Era Mianiquê-Teibê que vinha pra engoilir o herói. Respirava com os dedos, escutava pelo umbigo e tinha os olhos no lugar das mamicas. A boca era duas bocas e estavam escondidas na dobra interior dos dedos dos pés. Macunaíma acordou com o cheiro da assombração e jogou no viado Flamengo fora. Então Mianiquê-Teibê comeu a varina e se foi.

No outro dia Macunaíma não achou mais graça na capital da República. Trocou a pedra Vató por um retrato no jornal e voltou pra taba do igarapé Tietê.

IX. Carta pras Icamiabas

Às mui queridas súbditas nossas, Senhoras Amazonas.
Trinta de Maio de Mil Novecentos e Vinte e Seis,
São Paulo.

Senhoras:

Não pouco vos surpreenderá, por certo, o endereço e a literatura desta missiva. Cumpre-nos, entretanto, iniciar estas linhas de saudade e muito amor, com desagradável nova. É bem verdade que na boa cidade de São Paulo — a maior do universo, no dizer de seus prolixos habitantes — não sois conhecidas por "icamiabas", voz espúria, sinão que pelo apelativo de Amazonas; e de vós se afirma cavalgardes ginetes belígeros e virdes da Hélade clássica; e assim sois chamadas. Muito nos pesou a nós, Imperator vosso, tais dislates da erudição porém heis de convir conosco que, assim, ficais mais heroicas e mais conspícuas, tocadas por essa plátina respeitável da tradição e da pureza antiga.

Mas não devemos esperdiçarmos vosso tempo fero, e muito menos conturbarmos vosso entendimento, com notícias de mau calibre; passemos pois, imediato, ao relato dos nossos feitos por cá.

Nem cinco sóis eram passados que de vós nos partíramos, quando a mais temerosa desdita pesou sobre Nós. Por uma bela noite dos idos de maio do ano translato, perdíamos a muiraquitã; que outrem grafara muraquitã, e, alguns doutos, ciosos de etimologias esdrúxulas, ortografam muyrakitan e até mesmo muraqué-itã, não sorriais! Haveis de saber que este vocábulo, tão familiar às vossas trompas de Eustáquio, é quase desconhecido por aqui. Por estas paragens mui civis, os guerreiros chamam-se polícias, grilos, guardas-cívicas, boxistas, legalistas, mazorqueiros, etc.; sendo que alguns desses termos são neologismos absurdos — bagaço nefando com que os desleixados e petimetres conspurcam o bom falar lusitano. Mas não nos sobra já vagar para discretearmos "sub tegmine fagi", sobre a língua portuguesa, também chamada lusitana. O que vos interessará mais, por sem dúvida, é saberdes que os guerreiros de cá não buscam mavórticas damas para o enlace epitalâmico; mas antes as preferem dóceis e facilmente trocáveis por pequeninas e voláteis folhas de papel a que o vulgo chamará dinheiro — o "curriculum vitae" da Civilização, a que hoje fazemos ponto de honra em pertencermos. Assim a palavra muiraquitã, que fere já os ouvidos latinos do vosso Imperador, é desconhecida dos guerreiros, e de todos em geral que por estas partes respiram. Apenas alguns "sujeitos de importância em virtude e letras", como já dizia o bom velhinho e clássico frei Luís de Souza, citado pelo doutor Rui Barbosa, ainda sobre as muiraquitãs projetam as suas luzes, para aquilatá-las de medíocre valia, originárias da Ásia, e não de vossos dedos, violentos no polir.

Estávamos ainda abatido por termos perdido a nossa muiraquitã, em forma de sáurio, quando talvez por algum influxo metapsíquico, ou, qui lo sá, provocado por algum libido saudoso, como explica o sábio tudesco, doutor Sigmund Freud (lede Fróide), se nos deparou em sonho um arcanjo maravilhoso. Por ele soubemos que o talismã perdido estava nas diletas mãos do doutor Venceslau Pietro Pietra, súbdito do Vice-Reinado do Peru, e de origem francamente florentina, como os Cavalcantis de Pernambuco. E como o doutor demorasse na ilustre cidade anchietana, sem demora nos partimos para cá, em busca do velocino roubado. As nossas relações atuais com o doutor Venceslau são as mais lisonjeiras possíveis; e sem dúvida mui para breve recebereis a grata nova de que hemos reavido o talismã: e por ela vos pediremos alvíssaras.

Porque, súbditas diletas, é incontestável que Nós, Imperator vosso, nos achamos em precária condição. O tesouro que daí trouxemos, foi-nos de mister convertê-lo na moeda corrente do país; e tal conversão muito nos há dificultado o mantenimento, devido às oscilações do Câmbio e à baixa do cacau.

Sabereis mais que as donas de cá não se derribam a pauladas, nem brincam por brincar, gratuitamente, senão que a chuvas do vil metal, repuxos brasonados de champagne, e uns monstros comestíveis, a que, vulgarmente, dão o nome de lagostas. E que monstros encantados, senhoras Amazonas!!! Duma carapaça polida e sobrosada, feita a modo de casco de nau, saem braços, tentáculos e cauda remígeros, de muitos feitios; de modo que o pesado engenho, deposto num prato de porcelana de Sèvres, se nos antoja qual velejante trirreme a bordeisjar água de Nilo, trazendo no bojo o corpo inestimável de Cleópatra.

Ponde tento na acentuação deste vocábulo, senhoras Amazonas, pois muito nos pesara não preferísseis conosco essa pronúncia, condizente com a lição dos clássicos, à pronúncia Cleopatra, dicção mais moderna; e que alguns vocabulistas levianamente subscrevem, sem que se apercebam de que é ganga desprezível, que nos trazem, com o enxurro de França, os galiparlas de má morte.

Pois é com esse delicado monstro, vencedor dos mais delicados véus paladinos, que as donas de cá tombam nos leitos nupciais. Assim haveis de compreender de que alvíssaras falamos; porque as lagostas são caríssimas, caríssimas súbditas, e algumas hemos nós adquiridas por sessenta contos e mais; o que, convertido em nossa moeda tradicional, alcança a vultosa soma de oitenta milhões de bagos de cacau... Bem podereis conceber, pois, quanto hemos já gasto; e que já estamos carecido do vil metal, para brincar com tais difíceis donas. Bem quiséramos impor à nossa ardida chama uma abstinência, penosa embora, para vos pouparmos despesas; porém que ânimo forte não cedera ante os encantos e galanteios de tão agradáveis pastoras!

Andam elas vestidas de rutilantes joias e panos finíssimos, que lhes acentuam o donaire do porte, e mal encobrem as graças, que, a de nenhuma outra cedem pelo formoso do torneado e pelo tom. São sempre alvíssimas as donas de cá; e tais e tantas habilidades demonstram, no brincar, que enumerá-las aqui seria fastiendo porventura; e, certamente, quebraria os mandamentos de discrição, que em relação de Imperator para súbditas se requer. Que beldades! Que elegância! Que cachet! Que degagé flamífero, ignívomo, devorador!! Só pensamos nelas, muito embora não nos descuidemos, relapso, da nossa muiraquitã.

Nós, nos parece, ilustres Amazonas, que assaz ganharíeis em aprenderdes com elas as condescendências, os brincos e passes do Amor. Deixaríeis então a vossa orgulhosa e solitária Lei, por mais amáveis mesteres, em que o Beijo sublima, as Volúpias encandecem, e se demonstra gloriosa, "urbi et orbe", a subtil força do Odor di Femina, como escrevem os italianos.

E já que nos detivemos neste delicado assunto, não no abandonaremos sem mais alguns reparos, que vos poderão ser úteis. As donas de São Paulo, sobre serem mui formosas e sábias, não se contentam com os dons e excelência que a Natura lhes concedeu; assaz se preocupam elas de si mesmas; e não puderam acabar consigo, que não mandassem vir, de todas as partes do globo, tudo o que de mais sublimado e gentil acrisolou a ciência fescenina, digo, feminina das civilizações avitas. Assim é que chamaram mestras da velha Europa, e sobretudo de França, e com elas aprenderam a passar o tempo de maneira bem diversa da vossa. Ora se alimpam, e gastam horas nesse delicado mester, ora encantam os convívios teatrais da sociedade, ora não fazem coisa alguma; e nesses trabalhos passam elas o dia tão entretecidas e afanosas que, em chegando a noute, mal lhes sobra vagar para brincarem e presto se entregam nos braços de Orfeu, como se diz. Mas heis de saber, senhoras minhas, que por cá dia e noute divergem singularmente do vosso horário belígero; o dia começa quando para vós é o pino dele, e a noute, quando estais no quarto sono vosso, que, por derradeiro, é o mais reparador.

Tudo isso as donas paulistanas aprenderam com as mestras de França; e mais o polimento das unhas e crescimento delas, bem como aliás "horresco referens", das demais partes córneas dos seus companheiros legais. Deixai passe esta flórida ironia!

E muito há que vos diga ainda sobre o jeito com que cortam as comas, de tal maneira gracioso e viril, que mais se assemelham elas a efebos e Antínous, de perversa memória, que a matronas de tão direta progênie latina. Todavia, convireis conosco, no desacerto de longas tranças por cá, si atenderdes ao que mais atrás ficou dito; pois que os doutores de São Paulo não derribam as suas requestadas pela força, senão que a troco de oiro e de locustas, as ditas comas são de somenos, acrescendo ainda que assim se amainam os males, que tais comas acarretam, de serem moradia e pasto habitual de insetos mui daninhos, como entre vós se dá.

Pois não contentes de terem aprendido de França as subtilezas e passes da galanteria à Luís XV, as donas paulistanas importam das regiões mais inóspitas o que lhes acrescente ao sabor, tais como pezinhos nipônicos, rubis da Índia, desenvolturas norte-americanas; e muitas outras sabedorias e tesoiros internacionais.

Já agora vos falaremos ainda, bem que por alto, dum nitente armento de senhoras, originárias da Polônia, que aqui demoram e imperam generosamente. São elas mui alentadas no porte e mais numerosas que as areias do mar oceano. Como vós, senhoras Amazonas, tais damas formam um gineceu; estando os homens que em suas casas delas habitam, reduzidos escravos e condenados ao vil ofício de servirem. E por isso não se lhes chamam homens, sinão que à voz espúria de garçons respondem; e são assaz polidos e silentes, e sempre do mesmo indumento gravebundo trajam.

Vivem essas damas encasteladas num mesmo local, a que chamam por cá de quarteirão, e mesmo de pensões ou "zona estragada"; sobrelevando notar que a derradeira destas expressões não caberia, por indina, nesta notícia sobre as coisas de São Paulo, não fora o nosso anseio de sermos exato e conhecedor. Porém si, como vós, formam essas queridas senhoras um clã de mulheres, muito de vós se apartam no físico, no gênero de vida e nos ideais. Assim vos diremas que vivem à noute, e se não dão aos afazeres de Marte nem queimam o destro seio, mas a Mercúrio cortejam tão somente; e quanto aos seios, deixam-nos evolverem, à feição de gigantescos e flácidos pomos, que, si lhes não acrescentam ao donaire, servem para numerosos e árduos trabalhos de excelente virtude e prodigiosa excitação.

Ainda lhes difere o físico, tanto ou quanto monstruoso, bem que de amável monstruosidade, por terem elas o cérebro nas partes pudendas, e, como tão bem se diz em linguagem madrigalesca, o coração nas mãos.

Falam numerosas e mui rápidas línguas; são viajadas e educadíssimas; sempre todas obedientes por igual, embora ricamente díspares entre si, quais loiras, quais morenas, quais fossem maigres, quais rotundas; e de tal sorte abundantes no número e diversidade, que muito nos preocupa a razão, o serem, todas e tantas, originais dum país somente. Acresce ainda que a todas se lhes dão o excitante, embora injusto, epíteto de "francesas". A nossa desconfiança é que essas damas não se originaram todas da Polônia, porém que faltam à verdade, e são iberas, itálicas, germânicas, turcas, argentinas, peruanas, e de todas as outras partes férteis de um e outro hemisfério.

Muito estimaríamos que compartilhásseis da nossa desconfiança, senhoras Amazonas; e que convidásseis também algumas dessas damas para demorarem nas vossas terras e Império nosso, por que aprendais com elas um moderno e mais rendoso gênero de vida, que muito fará avultar os tesoiros do vosso Imperador. E mesmo, si não quiserdes largar mão da vossa solitária Lei, sempre a existência de algumas centenas dessas damas entre vós muito nos facilitará o "modus in rebus", quando for no nosso retorno ao Império do Mato Virgem, cujo este nome, aliás, proporíamos se mudasse para Império da Mata Virgem, mais condizente com a lição dos clássicos.

Todavia para terminar negócio tão principal, hemos por bem advertir-vos dum perigo que essa importação acarretara, si não aceitásseis alguns doutores possantes nos limites do Estado, enquanto dele estivermos apartado. Com serem essas damas mui fogosas e livres, bem pudera pesar-lhes em demasia o sequestro inconsequente em que viveis, e, por não perderem elas as ciências e segredos que lhes dão o pão, bem poderiam ir ao extremo de utilizarem-se das bestas feras, dos bugios, dos tapires e dos solertes candirus. E muito mais ainda nos pesaria à consciência e sentimento nobre do dever; que vós, súbditas nossas, aprendêsseis com elas certas abusões, tal como foi com as companheiras da gentil declamadora Safo na ilha rósea de Lesbos — vícios esses que não suportam crítica à luz das possibilidades humanas, e muito menos o escalpelo da rígida e sã moral.

Como vedes, assaz hemos aproveitado esta demora na ilustre terra bandeirante, e si não descuidamos do nosso talismã, por certo que não poupamos esforços nem vil metal, por aprendermos as coisas mais principais desta eviterna civilização latina, por que iniciemos, quando for do nosso retorno ao Mato Virgem, uma série de melhoramentos, que muito nos facilitarão a existência, e mais espalhem nossa prosápia de nação culta entre as mais cultas do Universo. E por isso agora vos diremos algo sobre esta nobre cidade, pois que pretendemos construir uma igual nos vossos domínios e Império nosso.

É São Paulo construída sobre sete colinas, à feição tradicional de Roma, a cidade cesárea, "capita" da Latinidade de que provimos; e beija-lhe os pés a grácil e inquieta linfa do Tietê. As águas são magníficas, os ares tão amenos quanto os de Aquisgrana ou de Anverres, e a área tão a eles igual em salubridade e abundância, que bem se pudera afirmar, ao modo fino dos cronistas, que de três AAA se gera espontaneamente a fauna urbana.

Cidade é belíssima, e grato o seu convívio. Toda cortada de ruas habilmente estreitas e tomadas por estátuas e lampiões graciosíssimos e de rara escultura; tudo diminuindo com astúcia o espaço de forma tal, que nessas artérias não cabe a população. Assim se obtém o efeito dum grande acúmulo de gentes, cuja estimativa pode ser aumentada à vontade, o que é propício às eleições que são invenção dos inimitáveis mineiros; ao mesmo tempo que os edis dispõem de largo assunto com que ganhem dias honrados e a admiração de todos, com surtos de eloquência do mais puro estilo e sublimado lavor.

As ditas artérias são todas recamadas de ricocheteantes papeizinhos e velívolas cascas de fruitos; e em principal duma finíssima poeira, e mui dançarina, em que se despargem diariamente mil e um espécimens de vorazes macróbios, que dizimam a população. Por essa forma resolveram, os nossos maiores, o problema da circulação; pois que tais insetos devoram as mesquinhas vidas da ralé; e impedem o acúmulo de desocupados e operários; e assim se conservam sempre as gentes em número igual. E não contentes com essa poeira ser erguida pelo andar dos pedestrianistas e por urrantes máquinas a que chamam "automóveis" e "elétricos" (empregam alguns a palavra Bond, voz espúria, vinda certamente do inglês), contrataram os diligentes edis uns antropoides, monstros hipocentáureos azulegos e monótonos, a que congloba o título de Limpeza Pública; que "per amica silentia lunae", quando cessa o movimento e o pó descansa inócuo, saem das suas mansões, e, com os rabos girantes a modo de vassouras cilíndricas, puxadas por muares, soerguem do asfalto a poeira e tiram os insetos do sono, e os concitam à atividade com largos gestos e grita formidanda. Estes afazeres noturnos são discretamente conduzidos por pequeninas luzes, dispostas de longe em longe, de maneira a permanecer quase total a escuridade, não perturbem elas os trabalhos de malfeitores e ladrões.

A cópia destes se nos afigura realmente excessiva; e temos que são a única usança que não se coaduna com nosso temperamento, ordeiro e pacífico de seu natural. Porém, longe de nós qualquer reproche aos administradores de São Paulo, pois sabemos muito bem que aos valerosos paulistas são aprazíveis tais malfeitores e suas artes. São os paulistas gente ardida e avalentoada, e muito afeita às agruras da guerra. Vivem em combates singulares e coletivos, todos armados da cabeça aos pés; assim assaz numerosos são os distúrbios por cá, em que, não raro, tombam na arena da luta centenas de milhares de heróis, chamados bandeirantes.

Pelo mesmo motivo São Paulo está dotada de mui aguerrida e vultosa Polícia, que habita palácios brancos de custosa engenharia. A essa Polícia compete ainda equilibrar os excessos da riqueza pública, por se não desvalorizar o oiro incontável da Nação; e tal diligência emprega nesse afã, que, por todos os lados, devora os dinheiros nacionais, quer em paradas e roupagens luzidas, quer em ginásticas da recomendável eugenia, que inda não tivemos o prazer de conhecer; quer finalmente atacando os incautos burgueses que regressam do seu teatro, do seu cinema, ou dão a sua volta de automóvel pelos vergéis amenos que circundam a capital. A essa

Polícia ainda lhe compete divertir a classe das criadinhas paulistanas; e para seu lustre se diga que o faz com jornaleiro préstimo, em parques, construídos "ad hoc", tais como o parque de Dom Pedro Segundo e o Jardim da Luz. E quando o numerário dessa Polícia avulta, são os seus homens enviados para as rechãs longínquas e menos férteis da pátria, para serem devorados por súcias de gigantes antropófagos, que infestam a nossa geografia, na inglória tarefa de ruir por terra Governos honestos; e de pleno gosto e assentimento geral da população, como se descrimina das urnas e dos ágapes governamentais. Esses mazorqueiros pegam nos polícias, assam-nos e comem-nos ao jeito alemão; e as ossadas caídas na terra maninha são excelente adubo de futuros cafezais.

Assim tão bem organizados vivem e prosperam os paulistas na mais perfeita ordem e progresso; e lhes não é escasso o tempo para construírem generosos hospitais, atraindo para cá todos os leprosos sul-americanos, mineiros, paraibanos, peruanos, bolivianos, chilenos, paraguaios, que, antes de irem morar nesses lindíssimos leprosários, e serem servidos por donas de duvidosa e decadente beldade — sempre donas! — animam as estradas do Estado e as ruas da capital, em garridas comitivas equestres ou em maratonas soberbas que são o orgulho de nossa raça desportiva, em cujo conspeito pulsa o sangue das heroicas bigas e quadrigas latinas!

Porém, senhoras minhas! Inda tanto nos sobra, por este grandioso país, de doenças e insetos por cuidar!... Tudo vai num descalabro sem comedimento, estamos corroídos pelo morbo e pelos miriápodes! Em breve seremos novamente uma colônia da Inglaterra ou da América do Norte!... Por isso e para eterna lembrança destes paulistas, que são a única gente útil do país, e por isso chamados de Locomotivas, nos demos ao trabalho de metrificar um dístico, em que se encerram os segredos de tanta desgraça:

"POUCA SAÚDE E MUITA SAÚVA,
OS MALES DO BRASIL SÃO".

Este dístico é que houvemos por bem escrever no livro de Visitantes Ilustres do Instituto Butantã, quando foi da nossa visita a esse estabelecimento famoso na Europa.

Moram os paulistanos em palácios alterosos de cinquenta, cem e mais andares, a que, nas épocas da procriação, invadem umas nuvens de mosquitos pernilongos, de vária espécie, muito ao gosto dos nativos, mordendo os homens e as senhoras com tanta propriedade nos seus distintivos, que não precisam eles e elas das cáusticas urtigas para as massagens da excitação, tal como entre selvícolas é de uso. Os pernilongos se encarregam dessa faina; e obram tais milagres que, nos bairros miseráveis, surge anualmente uma incontável multidão de rapazes e raparigas bulhentos, a que chamamos "italianinhos"; destinados a alimentarem as fábricas dos áureos potentados, e a servirem, escravos, o descanso aromático dos Cresos.

Estes e outros multimilionários é que ergueram em torno da urbs as doze mil fábricas de seda, e no recesso dela os famosos Cafés maiores do mundo, todos de obra de talha em jacarandá folhado de oiro, com embutidos de salsas tartarugas.

E o Palácio do Governo é todo de oiro, à feição dos da Rainha do Adriático; e, em carruagens de prata, forradas de peles finíssimas, o Presidente, que mantém muitas esposas, passeia, ao cair das tardes, sorrindo com vagar.

De outras e muitas grandezas vos poderíamos ilustrar, senhoras Amazonas, não fora perlongar demasiado esta epístola; todavia, com afirmar-vos que esta é, por sem dúvida, a mais bela cidade terráquea, muito hemos feito em favor destes homens de prol. Mas cair-nos-iam as faces, si ocultáramos no silêncio uma curiosidade original deste povo. Ora sabereis que a sua riqueza de expressão intelectual é tão prodigiosa, que falam numa língua e escrevem noutra. Assim chegado a estas plagas hospitalares, nos demos ao trabalho de bem nos inteirarmos da etnologia da terra, e dentre muita surpresa e assombro que se nos deparou, por certo não foi das menores tal originalidade linguística. Nas conversas utilizam-se os paulistanos dum linguajar bárbaro e multifário, crasso de feição e impuro na vernaculidade, mas que não deixa de ter o seu sabor e força nas apóstrofes, e também nas vozes do brincar. Destas e daquelas nos inteiramos, solícito; e nos será grata empresa vo-las ensinarmos aí chegado. Mas si de tal desprezível língua se utilizam na conversação os naturais desta terra, logo que tomam da pena, se despojam de tanta asperidade, e surge o Homem Latino, de Lineu, exprimindo-se numa outra linguagem, mui próxima da virgiliana, no dizer dum panegirista, meigo idioma, que, com imperecível galhardia, se intitula: língua de Camões! De tal originalidade e riqueza vos há de ser grato ter ciência, e mais ainda vos espantareis com saberdes que à grande e quase total maioria, nem essas duas línguas bastam, senão que se enriquecem do mais lídimo italiano, por mais musical e gracioso, e que por todos os recantos da urbs é versado.

De tudo nos inteiramos satisfatoriamente, graças aos deuses; e muitas horas hemos ganhado, discreteando sobre o z do termo Brazil e a questão do pronome "se". Outrossim, hemos adquirido muitos livros bilíngues, chamados "burros", e o dicionário Pequeno Larousse; e já estamos em condições de citar no original latino muitas frases célebres dos filósofos e os testículos da Bíblia.

Enfim, senhoras Amazonas, heis de saber ainda que a estes progressos e luzida civilização hão elevado esta grande cidade os seus maiores, também chamados de políticos. Com este apelativo se designa uma raça refinadíssima de doutores, tão desconhecidos de vós, que os diríeis monstros. Monstros são na verdade mas na grandiosidade incomparável da audácia, da sapiência, da honestidade e da moral; e embora algo com os homens se pareçam, originam-se eles dos reais uirauaçus e muito pouco têm de humanos. Obedecem todos a um imperador, chamado Papai Grande na gíria familiar, e que demora na oceânica cidade do Rio de Janeiro — a mais bela do mundo, na opinião de todos os estrangeiros, e que por meus olhos verifiquei.

Finalmente, senhoras Amazonas e muito amadas súbditas, assaz hemos sofrido e curtido árduos e constantes pesares, depois que os deveres da nossa posição nos apartaram do Império do Mato Virgem. Por cá tudo são delícias e venturas, porém nenhum gozo teremos e nenhum descanso, enquanto não reouvermos o perdido talismã. Hemos por bem repetir entretanto que as nossas relações com o doutor Venceslau são as melhores possíveis; que as negociações estão entabuladas e perfeitamente encaminhadas; e bem poderíeis enviar de antemão as alvíssaras que enunciamos atrás. Com pouco o vosso abstêmio Imperador se contenta; si não puderdes enviar duzentas igaras cheias de bagos de cacau, mandai, cem, ou mesmo cinquenta!

Recebei a bênção do vosso Imperador e mais saúde e fraternidade. Acatai com respeito e obediência estas mal traçadas linhas; e, principalmente, não vos esqueçais das alvíssaras e das polonesas, de que muito hemos mister.

Ci guarde a Vossas Excias.

Macunaíma,
Imperator.

X. Pauí-Pódole

Venceslau Pietro Pietra ficara muito doente com a sova e estava todo envolvido em rama de algodão. Passou meses na rede. Macunaíma não podia nem dar passo pra conseguir a muiraquitã agora guardada dentro do caramujo por debaixo do corpo do gigante. Imaginou botar formiga cupim no chinelo do outro porque isso traz morte, dizem, porém Piaimã tinha pé pra trás e não usava chinelo. Macunaíma estava muito contrariado com aquele chove-não-molha e passava o dia na rede mastigando beiju membeca entre codórios longos de restilo. Nesse tempo veio pedir pousada na pensão o índio Antônio, santo famoso com a companheira dele, Mãe de Deus. Foi visitar Macunaíma, fez discurso e batizou o herói diante do deus que havia de vir e tinha forma nem bem de peixe nem bem de anta. Foi assim que Macunaíma entrou pra religião Caraimonhaga que estava fazendo furor no sertão da Bahia.

Macunaíma aproveitava a espera se aperfeiçoando nas duas línguas da terra, o brasileiro falado e o português escrito. Já sabia nome de tudo. Uma feita era dia da Flor, festa inventada pros brasileiros serem caridosos e tinha tantos mosquitos carapanãs que Macunaíma largou do estudo e foi na cidade refrescar as ideias. Foi e viu um despropósito de coisas. Parava em cada vitrina e examinava dentro dela aquela porção de monstros, tanto que até parecia a serra do Ererê onde tudo se refugiou quando a enchente grande inundou o mundo. Macunaíma passeava passeava e encontrou uma cunhatã com uma urupema carregadinha de rosas. A mocica fez ele parar e botou uma flor na lapela dele, falando:

— Custa milréis.

Macunaíma ficou muito contrariado porque não sabia como era o nome daquele buraco da máquina roupa onde a cunhatã enfiara a flor. E o buraco chamava botoeira. Imaginou esgarafunchando na memória bem, mas nunca não ouvira mesmo o nome daquele buraco. Quis chamar aquilo de buraco porém viu logo que confundia com os outros buracos deste mundo e ficou com vergonha da cunhatã. "Orifício" era palavra que a gente escrevia mas porém nunca ninguém não falava "orifício" não. Depois de pensamentear pensamentear não havia meios mesmo de descobrir o nome daquilo e pôs reparo que da rua Direita onde topara com a cunhatã já tinha ido parar adiante de São Bernardo, passada a moradia de mestre Cosme. Então voltou, pagou pra moça e falou de venta-inchada:

— A senhora me arrumou com um dia-de-judeu! Nunca mais me bote flor neste... neste puíto, dona!

Macunaíma era desbocado duma vez. Falara uma bocagem muito porca, muito! A cunhatã não sabia que puíto era palavra feia não e enquanto o herói voltava aluado com o caso pra pensão, ficou se rindo, achando graça na palavra. "Puíto..." que ela dizia. E repetia gozado: "Puíto... Puíto"... Imaginou que era moda. Então se pôs falando pra toda a gente si queriam que ela botasse uma rosa no puíto deles. Uns quiseram outros não quiseram, as outras cunhatãs escutaram a palavra, a empregaram e "puíto" pegou. Ninguém mais não falava em boutonnière por exemplo; só puíto, puíto se escutava.

Macunaíma ficou de azeite uma semana, sem comer sem brincar sem dormir só porque desejava saber as línguas da terra. Lembrava de perguntar pros outros como era o nome daquele buraco mais tinha vergonha de irem pensar que ele era ignorante e moita. Afinal chegou o domingo pé-de-cachimbo que era dia do Cruzeiro, feriado novo inventado pros brasileiros descansarem mais. De manhã teve parada na Mooca, ao meio-dia missa campal no Coração de Jesus, às dezessete corso e batalha de confetes na avenida Rangel Pestana e de noite, depois da passeata dos deputados e desocupados pela rua Quinze, iam queimar um fogo de artifício no Ipiranga. Então pra espairecer Macunaíma foi no parque ver os fogos.

Nem bem saiu da pensão topou com uma cunhã clara, loiríssima, filhinha da mandioca bem, toda de branco e o chapéu de tucumã vermelho coberto de margaridinhas. Chamava Fräulein e sempre carecia de proteção. Foram juntos e chegaram lá. O parque estava uma boniteza. Tinha tantas máquinas repuxos misturadas com a máquina luz elétrica que a gente se encostava um no outro no escuro e as mãos se agarravam pra aguentar a admiração. Assim a dona fez e Macunaíma sussurrou docemente:

— Mani... filhinha-da-mandioca!...

Pois então a alemãzinha, chorando comovida, se virou e perguntou pra ele si deixava ela fincar aquela margarida no puíto dele. Primeiro o herói ficou muito assarapantado, muito! e quis zangar porém depois ligou os fatos e percebeu que fora muito inteligente. Macunaíma deu uma grande gargalhada.

Mas o caso é que "puíto" já entrara pras revistas estudando com muita ciência os idiomas escrito e falado e já estava mais que assente que pelas leis de catalepse elipse síncope metonímia metafonia metátese próclise prótese aférese apócope haplologia e etimologia popular, todas essas leis, a palavra "botoeira" viera a dar em "puíto", por meio duma palavra intermediária, a voz latina "rabanitius" (botoeira-rabanitius-puíto), sendo que rabanitius embora não encontrada nos documentos medievais, afirmaram os doutos que na certa existira e fora corrente no sermo vulgaris.

Nesse momento um mulato da maior mulataria trepou numa estátua e principiou um discurso entusiasmado explicando pra Macunaíma o que era o dia do Cruzeiro. No céu escampado da noite não tinha uma nuvem nem Capei. A gente enxergava os conhecidos, os pais-das-árvores os pais-das-aves os pais-das-caças e os parentes manos pais mães tias cunhadas cunhãs cunhatãs, todas essas estrelas piscapiscando bem felizes nessa terra sem mal, adonde havia muita saúde e pouca saúva, o firmamento lá. Macunaíma escutava muito agradecido, concordando com a fala comprida que o discursador fazia pra ele. Só depois do homem apontar muito e descrever muito é que Macunaíma pôs reparo que o tal de Cruzeiro era mas eram aquelas quatro estrelas que ele sabia muito bem serem o Pai do Mutum morando no campo do céu. Teve raiva da mentira do mulato e berrou:

— Não é não!

— ... Meus senhores, que o outro discursava, aquelas quatro estrelas rutilantes como lágrimas ardentes, no dizer do sublime poeta, são o sacrossanto e tradicional Cruzeiro que...

— Não é não!

— Psiu!

— ... o símbolo mais...

— Não é não!

— Apoiados!

— Fora!

— Psiu!... Psiu!...

— ... mais su-sublime e maravilhoso da nossa ama--mada pátria é aquele misterioso Cruzeiro lucilante que...

— Não é não!

— ... ve-vedes com...

— Nan sculhàmba!

— ... suas... qua... tro claras lantejoulas de prat...

— Não é não!

— Não é não! que outros gritavam também.

Com tanta bulha afinal o mulato entrupigaitou e todos os presentes animados pelo "Não não!" do herói estavam com muita vontade de fazer um chinfrim. Porém Macunaíma tremia tão tiririca que nem percebeu. Pulou em riba da estátua e principiou contando a história do Pai do Mutum. E era assim:

— Não é não! Meus senhores e minhas senhoras! Aquelas quatro estrelas lá é o Pai do Mutum! juro que é o Pai do Mutum, minha gente, que para no campo vasto do céu!... Isso foi no tempo em que os animais já não eram mais homens e sucedeu no grande mato Fulano. Era uma vez dois cunhados que moravam muito longe um do outro. Um chamava Camã-Pabinque e era catimbozeiro. Uma feita o cunhado de Camã-Pabinque entrou no mato por amor de caçar um bocado. Estava fazendo e topou com Pauí-Pódole e seu compadre o vaga-lume Camaiuá. E Pauí-Pódole era o Pai do Mutum. Estava trepado no galho alto da acapu, descansando. Vai, o cunhado do feiticeiro voltou pra maloca e falou pra companheira dele que tinha topado com Pauí-Pódole e seu compadre Camaiuá. E o Pai do Mutum com seu compadre num tempo muito de dantes já foram gente que nem nós. O homem falou mais que bem que tinha querido matar Pauí-Pódole com a sarabatana porém não alcançara o poleiro alto do Pai do Mutum na acapu. E então pegou na frecha de pracuuba com ponta de taboca e foi pescar carataís. Logo Camã-Pabinque chegou na maloca do cunhado e falou:

— Mana, o que foi que vosso companheiro falou pra você?

Então a mana contou tudo pro feiticeiro e que Pauí-Pódole estava empoleirado na acapu com seu compadre o vaga-lume Camaiuá. No outro dia manhãzinha Camã-Pabinque saiu do papiri dele e achou Pauí-Pódole piando na acapu. Então o catimbozeiro virou na tocandeira Ilague e foi subindo pelo pau mas o Pai do Mutum enxergou a formigona e soprou um pio forte. Bateu um ventarão tamanho que o feiticeiro despencou do pau, caindo nas capituvas da serrapilheira. Então virou na tacuri Opalá menorzinha e foi subindo outra vez, porém Pauí-Pódole tornou a enxergar a formiga. Soprou e veio um ventinho brisando que sacudiu Opalá nas trapoerabas da serrapilheira. Então Camã-Pabinque virou na lavapés chamada Megue, pequetitinha, subiu na acapu, ferrou o Pai do Mutum bem no furinho do nariz, enrolou o corpico e trazendo o não-se-diz entre os ferrões, juque! esguichou ácido fórmico aí. Chi! minha gente! Isso Pauí-Pódole abriu um voo esparramado com a dor e espirrou Megue longe! O feiticeiro nem não pôde sair mais do corpo de Megue, do susto que pegou. E ficou mais essa praga da formiguinha lavapés pra nós... Gente!

“Pouca saúde e muita saúva,
Os males do Brasil são!”

Já falei... No outro dia Pauí-Pódole quis ir morar no céu pra não padecer mais com as formigas da nossa terra, fez. Pediu pro compadre vaga-lume alumiar o caminho na frente com as lanterninhas verdes bem acesas. O vaga-lume Cunavá sobrinho do outro foi na frente alumiando caminho pra Camaiuá e pediu pro mano que fosse na frente alumiando pra ele também. O mano pediu pro pai, o pai pediu pra mãe, a mãe pediu pra toda a geração, o chefe de polícia e o inspetor do quarteirão e muitos muitos, uma nuvem de vaga-lumes foi alumiando caminho uns pros outros. Fizeram, gostaram de lá e sempre uns atrás dos outros nunca mais voltaram do campo vasto do céu. É aquele caminho de luz que daqui se enxerga atravessando o espaço. Pauí-Pódole então avoou pro céu e ficou lá. Minha gente!

aquelas quatro estrelas não é Cruzeiro, que Cruzeiro nada! É o Pai do Mutum! É o Pai do Mutum, minha gente! É o Pai do Mutum, Pauí-Pódole, que para no campo vasto do Céu!... Tem mais não.

Macunaíma parou fatigado. Então se ergueu do povaréu um murmurejo longo de felicidade fazendo relumear mais ainda as gentes, os pais-dos-pássaros os pais-dos-peixes os pais-dos-insetos os pais-das-árvores, todos esses conhecidos que param no campo do céu. E era imenso o contentamento daquela paulistanada mandando olhos de assombro pras gentes, pra todos esses pais dos vivos brilhando morando no céu. E todos esses assombros de primeiro foram gente depois foram os assombros misteriosos que fizeram nascer todos os seres vivos. E agora são as estrelinhas do céu.

O povo se retirou comovido, feliz no coração cheio de explicações e cheio das estrelas vivas. Ninguém não se amolava mais nem com dia do Cruzeiro nem com as máquinas repuxos misturadas com a máquina luz elétrica. Foram pra casa botar pelego por debaixo do lençol porque por terem brincado com fogo aquela noite, na certa que iam mijar na cama. Foram todos dormir. E a escuridão se fez.

Macunaíma parado em riba da estátua ficara sozinho ali. Também estava comovido. Olhou pra altura. Que Cruzeiro nada! Era Pauí-Pódole se percebia bem daqui... E Pauí-Pódole estava rindo pra ele, agradecendo. De repente piou comprido parecendo trem de ferro. Não era trem era piado e o sopro apagou todas as luzes do parque. Então o Pai do Mutum mexeu uma asa mansamente se despedindo do herói. Macunaíma ia agradecer, porém o pássaro erguendo a poeira da neblina largou numa carreira esparramada pelo campo vasto do céu.

XI. A velha Ceiuci

No outro dia o herói acordou muito constipado. Era porque apesar do calorão da noite ele dormira de roupa com medo da Caruviana que pega indivíduo dormindo nu. Mas estava muito ganjento com o sucesso do discurso da véspera. Esperou impaciente os quinze dias da doença resolvido a contar mais casos pro povo. Porém quando se sentiu bom era manhãzinha e quem conta história de dia cria rabo de cutia. Por isso convidou os manos pra caçar, fizeram.

Quando chegaram ao bosque da Saúde o herói murmurou:

— Aqui serve.

Dispôs os manos nas esperas, botou fogo no bosque e ficou também amoitado esperando que saísse algum viado mateiro pra ele caçar. Porém não tinha nenhum viado lá e quando queimada acabou, jacaré saiu? pois nem viado mateiro nem viado catingueiro, saíram só dois ratos chamuscados. Então o herói caçou os ratos chamuscados, comeu-os e sem chamar os manos voltou pra pensão.

Lá chegado ajuntou os vizinhos, criados a patroa cunhãs datilógrafos estudantes empregados públicos, muitos empregados públicos! todos esses vizinhos e contou pra eles que tinha ido caçar na feira do Arouche e matara dois...

— ... mateiros, não eram viados mateiros não, dois viados catingueiros que comi com os manos. Até vinha trazendo um naco pra vocês mas porém escorreguei na esquina, caí derrubei o embrulho e cachorro comeu tudo.

Toda a gente se sarapantou com o sucedido e desconfiaram do herói. Quando Maanape e Jiguê voltaram, os vizinhos foram perguntar pra eles si era verdade que Macunaíma caçara dois catingueiros na feira do Arouche. Os manos ficaram muito inquizilados porque não sabiam mentir e exclamaram irritadíssimos:

— Mas que catingueiros esses! O herói nunca matou viado! — Não tinha nenhum viado na caçada não! Gato miador, pouco caçador, gente! Em vez foram dois ratos chamuscados que Macunaíma pegou e comeu.

Então os vizinhos perceberam que tudo era mentira do herói, tiveram raiva e entraram no quarto dele pra tomar satisfação. Macunaíma estava tocando numa flautinha feita de canudo de mamão. Parou o sopro, aparou o bocal da flautinha e se admirou muito sossegado:

— Pra que essa gentama no meu quarto, agora!... Faz mal pra saúde, gente!

Todos perguntaram pra ele:

— O que foi mesmo que você caçou, herói?

— Dois viados mateiros.

Então os criados as cunhãs estudantes empregado públicos. todos esses vizinhos principiaram rindo dele. Macunaíma sempre aparando o bocal da flautinha. A patroa cruzando os braços ralhou assim:

— Mas, meus cuidados, pra que você fala que foram dois viados e em vez foram dois ratos chamuscados!

Macunaíma parou assim os olhos nela e secundou:

— Eu menti.

Todos os vizinhos ficaram com cara de André e cada um foi saindo na maciota. E André era um vizinho que andava sempre encalistrado. Maanape e Jiguê se olharam, com inveja da inteligência do mano. Maanape inda falou pra ele:

— Mas pra que você mentiu, herói!

— Não foi por querer não... quis contar o que tinha sucedido pra gente e quando reparei estava mentindo...

Jogou a flautinha fora, pegou no ganzá pigarreou e descantou. Descantou a tarde inteirinha uma moda tão sorumbática mas tão sorumbática que os olhos dele choravam a cada estrofe. Parou porque os soluços não deixaram mais continuar. Largou do ganzá. Lá fora a vista era uma tristura de entardecer dentro da cerração. Macunaíma sentiu-se desinfeliz e teve saudades de Ci a inesquecível. Chamou os manos pra se consolarem todos juntos. Maanape e Jiguê sentaram junto dele na cama e os três falaram longamente da Mãe do Mato. E espalhando a saudade falaram dos matos e cobertos cerrações deuses e barrancas traiçoeiras do Uraricoera. Lá que eles tinham nascido e se rido pela primeira vez nos macurus... Encostados nas maquiras pra lá do limpo do mocambo os guirás cantavam o que não dava o dia e eram pra mais de quinhentas as famílias dos guirás... Perto de quinze vezes mil espécies de animais assombravam o mato de tantos milhões de paus que não tinham mais conta... Uma feita um branco trouxera da terra dos ingleses, dentro dum sapiquá gótico, a constipação que fazia agora Macunaíma tanto chorar de sodades. E a constipação tinha ido morar no antro das formigas mumbucas mui pretas. Na escureza o calor se amaciava como saindo das águas; pra trabalhar se cantava; nossa mãe ficara virada numa coxilha mansa no lugar chamado Pai da Tocandeira... Ai, que preguiça... E os três manos perceberam pertinho o murmurejo do Uraricoera! Oh! como era bom por lá... O herói se atirou pra trás chorando largado na cama.

Quando a vontade de chorar parou, Macunaíma afastou os mosquitos e quis espairecer. Se lembrou de ofender a mãe do gigante com uma bocagem novinha vinda da Austrália. Virou Jiguê na máquina telefone porém o mano inda estava muito confundido com o caso da mentira do herói e não houve meios de ligar. O aparelho tinha defeito. Então Macunaíma fumou fava de paricá pra ter sonhos gostosos e adormeceu bem.

No outro dia lembrou que precisava se vingar dos manos e resolveu passar um pealo neles. Levantou madrugadinha e foi esconder no quarto da patroa. Brincou pra fazer tempo. Depois voltou falando afobado pros manos:

— Oi, manos achei rasto fresco de tapir bem na frente da Bolsa de Mercadorias!

— Que me diz, perdiz!

— Pois é. Quem que havia de dizer!

Ninguém inda não matara tapir na cidade. Os manos se sarapantaram e foram com Macunaíma caçar o bicho. Chegaram lá, principiaram procurando o rasto e aquele mundão de gente comerciantes revendedores baixistas matarazos, vendo os três manos curvados pro asfalto procurando, principiaram campeando também, todo aquele mundão de gente. Procuraram procuraram, você achou? nem eles! Então perguntaram pra Macunaíma:

— Onde que você achou rasto de tapir? Aqui não tem rasto nenhum não!

Macunaíma não parava de campear falando sempre:

— Tetápe, dzónanei pemonéite hêhê zeténe netaíte.

E os manos regatões zanguões tequeteques madalenas e hungareses recomeçavam procurando o rasto. Quando cansavam e paravam pra perguntar, Macunaíma campeando sempre secundava:

— Tetápe, dzónanei pemonéite hêhê zeténe netaíte.

E todo aquele mundão de gente procurando. Era já perto da noite quando pararam desacorçoados. Então Macunaíma se desculpou:

— Tetápe dzónanei pemo...

Não deixaram nem que ele acabasse, todos perguntando o que significava aquela frase. Macunaíma respondeu:

— Sei não. Aprendi essas palavras quando era pequeno lá em casa.

E todos se queimaram muito. Macunaíma fastou disfarçado falando:

— Calma, gente! Tetápe hêhê! Não falei que tem rasto de tapir não, falei que tinha! Agora não tem mais não.

Foi pior. Um dos comerciantes se zangou de verdade e o repórter que estava ao pé dele vendo o outro zangado zangou também por demais.

— Isso não vai assim não! Pois então a gente vive trabucando pra ganhar o pão-nosso e vai um indivíduo tira a gente o dia inteiro do trabalho só pra campear rasto de tapir!

— Mas eu não pedi pra ninguém procurar rasto, moço, me desculpe! Meus manos Maanape e Jiguê é que andaram pedindo, eu não! Culpa é deles!

Então o povo que já estava todo zangado virou contra Maanape e contra Jiguê. Já todos, e eram muitos!, estavam com vontade de armar uma briga. Então um estudante subiu na capota dum auto e fez discurso contra Maanape e contra Jiguê. O povo estava ficando zangadíssimo.

— Meus senhores, a vida dum grande centro urbano como São Paulo já obriga a uma intensidade tal de trabalho que não permite-se mais dentro da magnífica entrosagem do seu progresso siquer a passagem momentânea de seres inócuos. Ergamo-nos todos una voce contra os miasmas deletérios que conspurcam o nosso organismo social, e já que o Governo cerra os olhos e delapida os cofres da Nação, sejamos nós mesmos os justiçadores...

— Lincha! lincha! que o povo principiou gritando.

— Que lincha nada! exclamou Macunaíma tomando as dores pelos manos.

E todos se viraram contra ele outra vez. E agora já estavam zangadíssimos. O estudante continuava pra si:

— ... e quando o trabalho honesto do povo é perturbado por um desconhecido...

— O quê! quem que é desconhecido! berrou Macunaíma desesperado com a ofensa.

— Você!

— Não sou, 'tá'í!

— É!

— Ora vá desmamar jacu com alpiste, moço! Desconhecida é a senhora vossa mãe, ouviu! — e virando pro povo: O que vocês estão pensando, hein! Não tenho medo não! nem de um nem de dois nem de dez mil e daqui a pouco eu arraso tudo isto aqui!

Uma madalena que estava na frente do herói virou pro comerciante atrás dela e zangou:

— Não bolina, sem-vergonha!

O herói estava cego de raiva, pensou que era com ele e:

— Que "não bolina" agora! não estou bolinando ninguém, sua lambisgoia!

— Lincha o bolina! Pau nele!

— Pois venham, cafajestes!

E avançou pra multidão. O advogado quis fugir porém Macunaíma atirou um pontapé nas costas dele e entrou pelo povo distribuindo rasteiras e cabeçadas. De repente viu na frente um homem alto loiro muito lindo. E o homem era um grilo. Macunaíma teve ódio de tanta boniteza e chimpou uma bruta duma bolacha nas fuças do grilo. O grilo berrou, e enquanto falava uma frase em língua estrangeira agarrou o herói pelo congote.

— Prrrêso!

O herói gelou.

— Preso por quê?

O polícia secundou uma porção de coisas em língua estrangeira e segurou firme.

— Não estou fazendo nada! que o herói murmurava com medo.

Porém o grilo não quis conversa e foi descendo a ladeirinha com o povo todo atrás. Outro grilo chegou e os dois falaram muitas frases, muitas! em língua estrangeira e lá foram empurrando o herói ladeira abaixo. Uma testemunha de tudo contou o sucedido pra um senhor que estava na porta duma casa de frutas e o senhor penalizado atravessou a multidão e fez os grilos pararem. Era já na rua Líbero. Então o senhor fez um discurso pros grilos, que eles não deviam de levar Macunaíma preso porque o herói não fizera nada. Tinha ajuntado uma porção de grilos mas nenhum não entendia o discurso porque nenhum não pescava nada de brasileiro. As mulheres choravam com dó do herói. Os grilos falavam por demais numa língua estrangeira e uma voz gritou:

— Não pode!

Então o povo ficou com muita vontade de pelear outra vez e de todos os lados agora estavam gritando: "Larga!". "Não leva!" "Não pode!" "Não pode!", um chinfrim, "Solta!". Um fazendeiro estava disposto a fazer discurso insultando a Polícia. Os grilos não entendiam nada e gesticulavam, muito atrapalhados falando em língua estrangeira. Formou-se um furdunço temível. Então Macunaíma se aproveitou da trapalhada e pernas pra que vos quero! Vinha um bonde na carreira badalando. Macunaíma pongou o bonde e foi ver como passava o gigante.

Venceslau Pietro Pietra já principiava convalescendo da sova apanhada na macumba. Fazia um calorão dentro da casa porque era hora de cozinharem a polenta e fora a fresca era boa por causa do vento sulão. Por isso o gigante com a velha Ceiuci as duas filhas e a criadagem pegaram cadeiras e vieram sentar na porta da rua pra gozar a frescata. O gigante ainda não saíra do algodão e estava tal e qual um fardo caminhando. Sentaram.

O curumi Chuvisco andava librinando pelo bairro e encontrou Macunaíma negaceando da esquina. Parou e ficou olhando o herói. Macunaíma virou-se:

— Nunca viu não!

— Que que você está fazendo aí, conhecido!

— Estou assustando o gigante Piaimã com sua família.

Chuvisco debicou:

— Qual! não vê que gigante tem medo de ti! Macunaíma encarou o curumi empalamado e teve raiva. Quis bater nele porém lembrou de cor: "Quando você estiver embrabecendo conta três vezes os botões da vossa roupa", contou e ficou manso de novo. Então secundou:

— Quer apostar? Eu faço e aconteço e garanto que Piaimã vai pra dentro com medo de mim. Esconde lá perto pra escutar só o que eles falam.

Chuvisco avisou:

— Oi, conhecido, tome tento com gigante! Você já sabe do que ele é capaz. Piaimã está fraco está fraco porém canudo que teve pimenta guarda o ardume.. Si você não tem medo mesmo, aposto.

Virou numa gota e pingou rente de Venceslau Pietro Pietra com a companheira as filhas e a criadagem. Então Macunaíma pegou na primeira palavra feia da coleção e jogou na cara de Piaimã. O palavrão bateu de rijo porém Venceslau Pietro Pietra nem se incomodou, direitinho elefante. Macunaíma chimpou outra bocagem mais feia na caapora. A ofensa bateu rijo porém se incomodar é que ninguém se incomodou. Então Macunaíma jogou toda a coleção de bocagens e eram dez mil vezes dez mil bocagens. Venceslau Pietro Pietra falou pra velha Ceiuici, bem quieto:

— Tem algumas que a gente não conhece inda não, guarda pra nossas filhas.

Então Chuvisco voltou pra esquina. O herói garganteou:

— Tiveram medo ou não tiveram!

— Medo nada, conhecido! Até o gigante mandou guardar as bocagens novas pras filhas brincarem. De mim que eles têm medo, ocê aposta? Vá lá perto e escute só.

Macunaíma virou num caxipara que é o macho da formiga saúva e foi se enroscar na rama de algodão acolchoando o gigante. Chuvisco amontou numa neblina e quando ia passando em riba da família deu uma mijadinha no ar. Principiou peneirando uma chuva-de-preguiça. Quando os pingos vieram caindo o gigante olhou pra um agarrado na mão dele e teve paúra de tanta água.

— Vam'bora, gente!

E todos com muito medo foram correndo pra dentro. Então Chuvisco desapeou e disse pra Macunaíma:

— Está vendo?

E assim até hoje. A família do gigante tem medo de Chuvisco mas de palavra feia não.

Macunaíma ficou muito despeitado e perguntou pro rival:

— Me diga uma coisa: você conhece a língua do lim-pim-gua-pá?

— Nunca vi mais gordo!

— Pois então, rival: Vá-pá à-pá mer-per-da-pá!

E abriu o pala até a pensão.

Mas estava muito contrariado por ter perdido a aposta e se lembrou de fazer uma pescaria. Porém não podia pescar nem de flecha nem com timbó nem cunambi nem tiguí nem macerá nem no pari nem com linha nem arpão nem juquiaí nem sararaca nem gaponga nem de poita nem cassuá nem itapuá nem de jiqui nem de grozera nem de jererê guê tresmalho aparador gungá cambango arinque batebate gradeira caicai penca anzol de vara covo, todos esses objetos armadilhas e venenos porque não possuía nada disso não. Fez um anzol com cera de mandaguari mas bagre mordia, levava anzol e tudo. Porém tinha ali perto um inglês pescando aimarás com anzol de verdade. Macunaíma voltou pra casa e falou pra Maanape:

— Que que havemos de fazer! Carecemos de tomar anzol de inglês. Vou tirar aimará de mentira pra enganar o bife. Quando ele me pescar e der a batida na minha cabeça então faço "juque!" enganando que morri. Ele me atira no samburá, você pede o peixe mais grande pra comer e sou eu.

Fez. Virou num aimará pulou na lagoa, o inglês pescou-o e bateu na cabeça dele. O herói gritou "Juque!". Mas o inglês tirou o anzol da goela do peixe porém. Maanape veio vindo e muito disfarçado pediu pro inglês:

— Dá peixe pra mim, seu Yes?

— All right. E deu um lambari de rabo vermelho.

— Ando padecendo de fome, seu inglês! dá um macota, vá! esse um gordinho do samburá!

Macunaíma estava com o olho esquerdo dormindo porém Maanape conheceu-o bem. Maanape era feiticeiro. O inglês deu o aimará pra Maanape que agradeceu e foi-se embora. Quando estava légua e meia longe o limará virou Macunaíma outra vez. Assim três vezes, inglês sempre tirando anzol da goela do herói. Macunaíma segredou pro mano:

— Que que havemos de fazer! Carecemos de tomar anzol de inglês. Vou virar piranha de mentira e arranco anzol da vara.

Virou numa piranha feroz pulou na lagoa arrancou o anzol e desvirando outra vez légua e meia abaixo no lugar chamado Poço do Umbu onde tinha umas pedras cheias de letreiros encarnados da gente fenícia sacou o anzol da goela bem contente porque agora podia pescar corimã piraíba aruana pirara piaba todos esses peites. Os dois manos iam-se quando escutaram inglês falando pra uruguaio:

— Que posso fazer agora! Não possuo mais anzol que a piranha engoliu. Vou pra vossa terra, conhecido.

Então Macunaíma fez um grande gesto com os dois braços e gritou:

— Espera um bocado, tapuitinga!

O inglês se voltou e Macunaíma só de caçoada virou-o na máquina London Bank.

No outro dia falou pros manos que ia pescar peixões no igarapé Tietê. Maanape avisou:

— Não vá, herói, que você topa com a velha Ceiuci mulher do gigante. Te come, heim!

— Não tem inferno pra quem já navegou no Cachoeira! que Macunaíma exclamou. E partiu.

Nem bem lançou a linha de cima dum mutá que veio vindo a velha Ceiuci pescando de tarrafa. A caapora viu a sombra de Macunaíma refletida n'água jogou depressa a tarrafa e só pescou sombra. O herói nem não achou graça porque estava tremendo de medo, vai, pra agradecer falou assim:

— Bom-dia, minha vó.

A velha virou a cara pro alto e descobriu Macunaíma em riba do mutá.

— Vem cá, meu neto.

— Não vou lá não.

— Pois então mando marimbondos.

Fez. Macunaíma arrancou um molho de pataqueira e matou os marimbondos.

— Desce, meu neto, que sinão mando novatas!

Fez. As formigas novatas ferraram em Macunaíma e ele caiu n'água. Então a velha tarrafiou, envolveu o herói nas malhas e foi pra casa. Lá chegada pôs o embrulho na sala de visitas que tinha um abajur encarnado e foi chamar a filha mais velha que era bem habilidosa, pras duas comerem o pato que ela caçara. E o pato era Macunaíma o herói. Porém a filhona estava muito ocupada porque era mesmo habilidosa e a velha pra adiantar serviço foi fazer fogo. A caapora possuía duas filhas e a mais nova que não era nada habilidosa e só sabia suspirar, enxergando a velha fazer fogo, imaginou: "Mãe quando vem da pescaria conta logo o que pescou, hoje não. Vou ver". Desenrolou a tarrafa e saiu dela um moço bem do gosto. O herói falou:

— Me esconde!

Então a moça que estava mui bondosa porque vivia desocupada desde tempo, levou Macunaíma pro quarto e brincaram. Agora estão se rindo um pro outro.

Quando fogo ficou bem quente a velha Ceiuci veio com a filhona habilidosa pra depenarem o pato porém acharam só tarrafa. A caapora embrabeceu:

— Isso há de ser minha filhinha nova que é muito bondosa...

Bateu no quarto da moça, gritando:

— Minha filhinha nova, entrega já meu pato que sinão enxoto você da casa minha pra todo o sempre!

A moça ficou com medo e mandou Macunaíma atirar vinte milréis por debaixo da porta pra ver si contentava a gulosa. Macunaíma de medo já atirou cem que viraram em muitas perdizes lagostas robalos vidros de perfume e caviar. A velha gulosa engoliu tudo e pediu mais. Então Macunaíma atirou um conto de réis por debaixo da porta. O conto virou em mais lagostas coelhos pacas champanha rendas cogumelos rãs e a velha sempre comendo e pedindo mais. Então a moça bondosa abriu a janela dando pro Pacaembu deserto e falou:

— Vou dizer três adivinhas, si você descobre, te deixo fugir. O que que é: É comprido roliço e perfurado, entra duro e sai mole, satisfaz o gosto da gente e não é palavra indecente?

— Ah! isso é indecência sim!

— Bobo! é macarrão!

— Ahn... é mesmo!... Engraçado, não?

— Agora o que é que é: Qual o lugar onde as mulheres têm cabelo mais crespinho?

— Oh, que bom! isso eu sei! é aí!

— Cachorro! É na África, sabe!

— Me mostra, por favor!

— Agora é a última vez. Diga o que que é:

Mano, vamos fazer
Aquilo que Deus consente:
Ajuntar pelo com pelo,
Deixar o pelado dentro.

E Macunaíma:

— Ara! Também isso quem não sabe! Mas cá pra nós que ninguém nos ouça, você é bem sem-vergonha, dona!

— Descobriu. Não é dormir ajuntando os pelos das pestanas e deixando o olho pelado dentro que você está imaginando? Pois si você não acertasse pelo menos uma das adivinhas te entregava pra gulosa de minha mãe. Agora fuja sem escarcéu, serei expulsa, voarei pro céu. Na esquina você encontra uns cavalos. Tome o castanho-escuro que pisa no mole e no duro. Esse é bom. Si você escuta um passarinho gritando "Baúa! Baúa!" então é a velha Ceiuci chegando. Agora fuja sem escarcéu, serei expulsa, voarei pro céu!

— Macunaíma agradeceu e pulou pela janela. Na esquina estavam dois cavalos, um castanho-escuro e outro cardão-pedrez. "Cavalo cardão-pedrez pra carreira Deus o fez", Macunaíma murmurou. Pulou nesse e abriu na galopada. Caminhou caminhou caminhou e já perto de Manaus ia correndo quando o cavalo deu uma topada que arrancou chão. No fundo do buraco Macunaíma enxergou uma coisa relumeando. Cavou depressa e descobriu o resto do deus Marte, escultura grega achada naquelas paragens inda na Monarquia e primeiro-de-abril passado no Araripe de Alencar pelo jornal chamado Comércio do Amazonas. Estava contemplando aquele torso macanudo quando escutou "Baúa! Baúa!". Era a velha Ceiuci chegando. Macunaíma esporeou o cardão-pedrez e depois de perto de Mendoza na Argentina quase dar um esbarrão num galé que também vinha fugindo da Guiana Francesa, chegou num lugar onde uns padres estavam melando. Gritou:

— Me escondam, padres!

Nem bem os padres esconderam Macunaíma num pote vazio que a caapora chegou montada no tapir.

— Não viram meu neto passar por aqui no seu cavalinho comendo capim?

— Já passou.

Então a velha apeou do tapir montou num cavalo gázeo-sarará que nunca prestou nem prestará e seguiu. Quando ela virou a serra do Paranacoara os padres tiraram o herói do pote, deram pra ele um cavalo melado-caxito que tanto é bom como é bonito e mandaram ele embora. Macunaíma agradeceu e galopou. Logo adiante encontrou uma cerca de arame porém era cavaleiro: deu um sacalão, esbarrou o pongo e ajuntando as mãos do animal caído com um jeito forte fez o cavalo girar e passar por debaixo do arame. Então o herói pulou a cerca e amontou de novo. Galopeou galopeou galopeou. Passando no Ceará decifrou os letreiros indígenas do Aratanha; no Rio Grande do Norte costeando o serrote do Cabelo-não-tem decifrou outro. Na Paraíba, indo de Manguape pra Bacamarte passou na Pedra-Lavrada com tanta inscrição que dava um romance. Não leu por causa da pressa e nem a da Barra do Poti no Piauí, nem a de Jajeú em Pernambuco, nem a dos Apertados do Inhamum, que já era no quarto dia e se escutava no ar rentinho: "Baúa! Baúa!". Era a velha Ceiuci chegando. Macunaíma pernas pra que vos quero pelo eucaliptal. Mas o passarinho sempre mais perto e Macunaíma isso vinha que vinha acochado pela velha. Afinal topou com a biboca dum surucucu que tinha parte com o canhoto.

— Me esconde, surucucu!

O surucucu nem bem escondeu o herói no buraco da latrininha, a velha Ceiuci chegou.

— Não viram meu neto passar por aqui no seu cavalinho comendo capim?

— Já passou.

A gulosa apeou do gázeo-sarará que nunca prestou nem prestará e montou num cavalo bebe-em-branco que é cavalo manco e seguiu.

Então Macunaíma escutou surucucu tratando com a companheira pra fazerem um moquém do herói. Pulou do buraco do quartinho e jogou no terreiro o anel com brilhantão que dera de presente pro dedo Mindinho. O brilhantão virou em quatro contos de carros de milho, adubo Polisu e uma fordeca de segunda mão. Enquanto o surucucu olhava pra aquilo tudo satisfeito, Macunaíma, pro melado-caxito descansar, amontou num bagual cardão-rodado que nunca pode estar parado e galopeou através de varjões e varjotas. Varou num átimo o mar de areia do chapadão dos Parecis e por derrames e dependurados entrou na caatinga e assustou as galinhas com pintos de ouro do Camutengo perto de Natal. Légua e meia adiante abandonando a margem do São Francisco emporcalhada com a enchente-da-páscoa, entrou por uma brecha aberta no morro alto. Ia seguindo quando escutou um "psiu" de cunhã. Parou morto de medo. Então saiu do meio da catinga-de-porco uma dona alta e feiosa com trança até o pé. E a dona perguntou cochichando pro herói:

— Já se foram?

— Se foram, quem!

— Os holandeses!

— Você está caducando, que holandês esse! Não tem holandês nenhum, dona!

Era Maria Pereira cunhã portuga amufumbada naquela brecha de morro desde a guerra com os holandeses. Macunaíma não sabia bem mais em que parte do Brasil estava e lembrou de perguntar.

— Me diga uma coisa, filho de gambá é raposa, como chama este lugar?

A cunhã secundou emproada:

— Aqui é o Buraco de Maria Pereira.

Macunaíma soltou uma grande gargalhada e escafedeu enquanto a mulher amoitava outra vez. O herói seguiu de carreira e enfim passou pra outra banda do rio Chuí. Foi lá que topou com o tuiuiú pescando.

— Primo Tuiuiú, você me leva pra casa?

— Pois não!

Logo o tuiuiú se transformou na máquina aeroplano, Macunaíma escanchou no aturiá vazio e ergueram voo.

Voaram sobre o chapadão mineiro de Urucuia, fizeram o circuito de Itapecerica e bateram pro Nordeste. Passando pelas dunas de Mossoró, Macunaíma olhou pra baixo e enxergou Bartolomeu Lourenço de Gusmão, batina arregaçada, pelejando pra caminhar no areão. Gritou pra ele:

— Venha aqui com a gente, ilustre!

Porém o padre gritou com um gesto imenso:

— Basta!

Depois que pulando a serra do Tombador no Mato Grosso deixaram pra esquerda as cochilhas de Sant'Ana do Livramento, o tuiuiú-aeroplano e Macunaíma subiram até o Telhado do Mundo, mataram a sede nas águas novas do Vilcanota e na última etapa voando sobre Amargosa na Bahia, sobre o Gurupá e sobre o Gurupi com a sua cidade encantada, enfim toparam de novo com o mocambo ilustre do igarapé Tietê. Daí a pouquinho estavam na porta da pensão. Macunaíma agradeceu muito e quis pagar o ajutório porém se lembrou que estava carecendo de fazer economia. Virou pro tuiuiú e falou:

— Olha, primo, pagar não posso não mas vou te dar um conselho que vale ouro: Neste mundo tem três barras que são a perdição dos homens: barra de rio, barra de ouro e barra de saia, não caia!

Porém estava tão acostumado a gastar que esqueceu-se da economia. Deu dez contos pro tuiuiú, subiu satisfeito pro quarto e contou tudo pros manos já muito ressabiados com a demora. O caso afinal custara uns bons pacotes. Maanape então virou Jiguê num telefone e deu queixa pra Polícia que deportou a velha gulosa. Porém Piaimã tinha muita influência e ela voltou na companhia lírica.

A filha expulsa corre no céu, batendo perna de déu em déu. É uma cometa.

XII. Tequeteque, chupinzão e a injustiça dos homens

No outro dia Macunaíma acordou febrento. Tinha mesmo delirado a noite inteira e sonhado com navio.

— Isso é viagem por mar, falou a dona da pensão.

Macunaíma agradeceu e de tão satisfeito virou logo Jiguê na máquina telefone pra insultar a mãe de Venceslau Pietro Pietra. Mas a sombra telefonista avisou que não secundavam. Macunaíma achou aquilo esquisito e quis se levantar pra ir saber o que era. Porém sentia um calorão coçado no corpo todo e uma moleza de água. Murmurou:

— Ai... que preguiça...

Virou a cara pro canto e principiou falando bocagens. Quando os manos vieram saber o que era, era sarampão. Maanape logo foi buscar o famoso Bento curandeiro em Beberibe que curava com alma de índio e a água de pote. Bento deu uma aguinha e fez reza cantada. Numa semana o herói já estava descascando. Então se levantou e foi saber o que tinha sucedido pro gigante.

Não tinha ninguém no palácio e a copeira do vizinho contou que Piaimã com toda a família fora na Europa descansar da sova. Macunaíma perdeu todo o requebrado e se contrariou bem. Brincou com a copeira muito aluado e voltou macambúzio pra pensão. Maanape e Jiguê encontraram o herói na porta da rua e perguntaram pra ele:

— Quem matou seu cachorrinho, meus cuidados?

Então Macunaíma contou o sucedido e principiou chorando. Os manos ficaram bem tristes de ver o herói assim e levaram ele visitar o Leprosário de Guapira, porém Macunaíma estava muito contrariado e o passeio não teve graça nenhuma. Quando chegaram na pensão era noitinha e todos já estavam desesperados. Tiraram uma porção enorme de tabaco dum cornimboque imitando cabeça de tucano e espirraram bem. Então puderam pensamentear.

— Pois é, meus cuidados, você andou lerdeando, cozinhando galo, cozinhando galo, o gigante é que não havia de esperar, foi-se. Agora aguente a maçada!

Nisto Jiguê bateu na cabeça e exclamou:

— Achei!

Os manos levaram um susto. Então Jiguê lembrou que eles podiam ir na Europa também, atrás da muiraquitã. Dinheiro, inda sobravam quarenta contos do cacau vendido. Macunaíma aprovou logo porém Maanape que era feiticeiro imaginou e concluiu:

— Tem coisa melhor.

— Pois então desembuche!

— Macunaíma finge de pianista, arranja uma pensão do Governo e vai sozinho.

— Mas pra que tanta complicação si a gente possui dinheiro à beça e os manos podem me ajudar na Europa!

— Você tem cada uma que até parece duas! Poder a gente pode sim porém mano seguindo com arame do Governo não é melhor? É. Pois então!

Macunaíma estava refletindo e de repente bateu na testa:

— Achei!

Os manos levaram um susto.

— Que foi!

— Pois então finjo de pintor que é mais bonito!

Foi buscar a máquina óculos de tartaruga um gramofoninho meias de golfe luvas e ficou parecido com pintor.

No outro dia pra esperar a nomeação matou o tempo fazendo pinturas. Assim: agarrou num romance de Eça de Queiroz e foi na Cantareira passear. Então passou perto dele um cotruco andarengo muito marupiara porque possuía folhinha de picapau. Macunaíma deitado de bruços divertia-se amassando os tacurus das formigas tapipitingas. O tequeteque saudou:

— Bom-dia, conhecido, como le vai, muito obrigado, bem. Trabalhando, não?

— Quem não trabuca não manduca.

— É mesmo. Bom, té loguinho.

E passou. Légua e meia adiante topou com um micura e lembrou de trabucar também um bocado. Pegou no gambazinho, fez ele engolir dez pratas de dois milréis e voltou com o bicho debaixo do braço. Chegando perto de Macunaíma mascateou:

— Bom-dia, conhecido, como le vai, muito obrigado, bem. Si você quer te vendo meu micura.

— Que que vou fazer com um bicho tão pichento! Macunaíma secundou botando a mão no nariz.

— Tem aca mas é coisa muito boa! Quando faz necessidade só prata que sai! Vendo barato pra você!

— Deixe de conversa, turco! Onde que se viu micura assim!

Então o tequeteque apertou a barriga do gambá e o bicho desistiu das dez pratinhas.

— Está vendo! Faz necessidade é prata só! Ajuntando a gente fica riquíssimo! Barato pra você!

— Quanto que custa?

— Quatrocentos contos.

— Não posso comprar, só tenho trinta.

— Pois então pra ficar freguês deixo por trinta contos pra você! Macunaíma desabotoou as calças e por debaixo da camisa tirou o cinto que carregava dinheiro. Porém só tinha a letra de quarenta contos e seis fichas do Cassino de Copacabana. Deu a letra e teve vergonha de receber o troco. Até inda deu as fichas de inhapa e agradeceu a bondade do tequeteque.

Nem bem o mascate sovertera entre as sapupiras guarubas e parinais do mato que já o micura quis fazer necessidade outra feita. O herói arredondou o bolso aparando e a porcaria caiu toda ali. Então Macunaíma percebeu o logro e abriu numa gritaria desgraçada, caminho da pensão. Virando uma esquina encontrou o José Prequeté e gritou pra ele:

— Zé Prequeté, tira bicho do pé pra comer com café!

José Prequeté ficou com ódio e insultou a mãe do herói porém este não fez caso não, deu uma grande gargalhada e foi seguindo. Mais adiante lembrou que ia indo pra casa zangado e pegou na gritaria outra vez.

Os manos inda não tinham voltado da maloca do Governo e a patroa veio no quarto pra consolar Macunaíma, brincaram. Depois de brincarem o herói pegou no choro. Quando os manos chegaram toda a gente se sarapantou porque eles tinham cinco metros de altura. Não vê que o Governo estava com mil vezes mil pintores já encaminhados pra mandar na pensão da Europa e Macunaíma ser nomeado era mas só no dia de

São Nunca. Ficava muito longe. O invento tinha favado e os manos ficaram compridos por causa do desaponto. Quando enxergaram o mano chorando, se assustaram bem e quiseram saber a causa. E como esqueceram o desaponto voltaram pro tamanho de dantes, Maanape já velhinho e Jiguê na força do homem. O herói fazia:

— Ihihih! tequeteque me embromou! Ihihih! Comprei micura dele, quarenta contos me custou!

Então os irmãos se descabelaram. Agora não era possível mais irem na Europa não, porque possuíam só a noite e o dia. Levaram na prantina enquanto o herói esfregava o óleo de andiroba no corpo pros mosquitos não amolarem e adormecia bem.

No outro dia amanhaceu fazendo um calorão temível e Macunaíma suava que mais suava dum lado pra outro enraivecido com a injustiça do Governo. Quis sair pra espairecer porém aquela roupa tanta aumentando o calor... Teve mais raiva. Teve raiva por demais e maliciou que ia ficar com o butecaiana que é doença da raiva. Então exclamou:

— Ara! Ande eu quente, ria-se a gente!

Tirou as calças pra refrescar e pisou em cima. A raiva se acalmou no sufragante e até que muito satisfeito Macunaíma falou pros manos:

— Paciência, manos! não! não vou na Europa não. Sou americano e meu lugar é na América. A civilização europeia de certo esculhamba a inteireza do nosso caráter.

Durante uma semana os três vararam o Brasil todo pelas restingas de areia marinha, pelas restingas de mato ralo, barrancas de paranãs, abertões, corredeiras carrascos carrascões e chavascais, coroas de vazante boqueirões mangas e fundões que eram ninhos de geada, espraiados pancadas pedrais funis bocainas barroqueiras rasouras, todos esses lugares, campeando nas ruínas dos conventos e na base dos cruzeiros pra ver si não achavam alguma panela com dinheiro enterrado. Não acharam nada.

— Paciência, manos! Macunaíma repetiu macambúzio. Jogamos no bicho!

E foi na praça Antônio Prado meditar sobre a injustiça dos homens. Ficou lá encostado num plátano muito bem. Todos os comerciantes e aquele despropósito de máquinas passavam rentinho do herói grumgunzando sobre a injustiça dos homens. Macunaíma já estava disposto a mudar o dístico pra: "Pouca saúde e muitos pintores os males do Brasil são" quando escutou um "Ihihih!" chorando atrás. Virou e viu no chão um tico-tico e um chupim.

O tico-tico era pequetitinho e o chupim era macota. O tico-tiquinho ia dum lado pra outro acompanhado sempre do chupinzão chorando pro outro dar de comer pra ele. Fazia raiva. O tico-tiquinho imaginava que o chupinzão era filhote dele mas não era não. Então voava, arranjava um decumê por aí que botava no bico do chupinzão. Chupinzão engolia e pegava na manha outra vez: "Ihihih! mamãe... telo decumê!... telo decumê!..." lá na língua dele. O tico-tiquinho ficava azaranzado porque estava padecendo fome e aquele nhenhenhén-nhenhenhén azucrinando ele, atrás, diz-que "Telo decumê!... telo decumê!..." não podia com o amor sofrendo. Largava de si, voava buscar um bichinho uma quirerinha, todos esses decumês, botava no bico do chupinzão, chupinzão engolia e principiava atrás do tico-tiquinho outra vez. Macunaíma estava meditando na injustiça dos homens e teve um amargor imenso da injustiça do chupinzão.

Era porque Macunaíma sabia que de primeiro os passarinho foram gente feito nós... Então o herói pegou num porrete e matou o tico-tiquinho.

Foi-se embora. Depois que andou légua e meia sentiu calor e lembrou de beber pinga pra refrescar. Trazia sempre num bolso do paletó uma garrafinha de pinga presa ao puíto por uma corrente de prata. Desarrolhou e chupitou de manso. Eis sinão quando escutou atrás um "Ihihih!" chorando. Virou sarapantado. Era o chupinzão.

— Ihihih! papai... telo decumê!... telo decumê!... lá na língua dele. Macunaíma ficou com ódio. Abriu o bolso onde estava guardado aquilo do micura e falou:

— Pois coma então!

Chupinzão pulou na beira do bolso e comeu tudo sem saber. Foi engordando engordando, virou num pássaro preto bem grande e voou pros matos gritando "Afinca! Afinca!". É o Pai do Vira.

Macunaíma seguiu caminho. Légua e meia adiante estava um macaco mono comendo coquinho baguaçu. Pegava no coquinho, botava no vão das pernas junto com uma pedra, apertava e juque! a fruta quebrava. Macunaíma veio e esgurejou com a boca cheia d'água. Falou:

— Bom-dia, meu tio, como lhe vai?

— Assim assim, sobrinho.

— Em casa todos bons?

— Na mesma.

E continuou mastigando. Macunaíma ali, sapeando. O outro enquizilou assanhado:

— Não me olhe de banda que não sou quitanda, não me olhe de lado que não sou melado!

— Mas o que você está fazendo aí, titio!

O macaco mono soverteu o coquinho na mão fechada e secundou:

— Estou quebrando os meus toaliquiçus pra comer.

— Vá mentir na praia!

— Uai, sobrinho, si tu não dá crédito então pra que pergunta!

Macunaíma estava com vontade de acreditar e indagou:

— É gostoso é?

O mono estalou a língua:

— Chi! prove só!

Quebrou de escondido outro coquinho, fingindo que era um dos toaliquiçus e deu pra Macunaíma comer. Macunaíma gostou bem.

— É bom mesmo, tio! Tem mais?

— Agora se acabou mas si o meu era gostoso que fará os vossos! Come eles, sobrinho!

O herói teve medo:

— Não dói não?

— Qual, si até é agradável!...

O herói agarrou um paralelepípedo. O macaco mono rindo por dentro inda falou pra ele:

— Você tem mesmo coragem, sobrinho?

— Boni-t-ó-tó macaxeira mocotó! o herói exclamou empafioso. Firmou bem o paralelepípedo e juque! nos toaliquiçus. Caiu morto. O macaco mono caçoou assim:

— Pois, meus cuidados, não falei que tu morrias! Falei! Não me escutas! Estás vendo o que sucede pros desobedientes. Agora: sic transit!

Então calçou as luvas de balata e foi-se. Daí a pouco veio uma chuvarada que refrescou a carne verde do herói, impedindo a putrefação. Logo se formou um poder de correições de formigas guajuguajus e murupetecas pro corpo morto. O advogado Fulano atraído pelas correições topou com o defunto. Abaixou, tirou a carteira do cadáver porém só tinha cartão de visita. Então resolveu levar o defunto pra pensão, fez. Carregou Macunaíma nas costas e foi andando. Porém o defunto pesava por demais e o advogado viu que não podia com o peso. Então arreou o cadáver e deu uma coça de vara nele. O defunto ficou levianinho e o advogado Fulano pôde levá-lo pra pensão.

Maanape chorou muito se atirando sobre o corpo do mano. Depois descobriu o esmagamento. Maanape era feiticeiro. Logo pediu de emprestado pra patroa dois cocos-da-báia, amarrou-os com nó-cego no lugar dos toaliquiçus amassados e assoprou fumaça de cachimbo no defunto herói. Macunaíma foi se erguendo muito desmerecido. Deram guaraná pra ele e daí a pouco matava sozinho as formigas que inda o mordiam. Estava tremendo muito porque por causa da chuvarada a friagem batera de repente. Macunaíma tirou a garrafinha do bolso e bebeu o resto da pinga pra esquentar. Depois pediu uma centena pra Maanape e foi até um chalé jogar no bicho. De tarde quando viram, a centena tinha dado mesmo. E assim eles viveram com os palpites do mano mais velho. Maanape era feiticeiro.

XIII. A Piolhenta dol jiguê

No outro dia por causa da machucadura Macunaíma amanheceu com uma grosseira pelo corpo todo. Foram ver e era a erisipa, doença comprida. Os manos trataram dele bem e traziam diariamente pra casa todos esses remédios pra erisipela que os vizinhos e conhecidos, todos esses brasileiros aconselhavam. O herói passou uma semana de cama. De noite sonhava sempre com embarcações e a dona da pensão quando vinha de manhã por amor de saber como ia o herói dizia sempre que embarcação significava na certa viagem por mar. Depois saía deixando sobre a cama do enfermo o Estado de São Paulo. E o Estado de São Paulo era um jornal. Então Macunaíma gastava o dia lendo todos esses anúncios de remédios pra erisipa. E eram muitos anúncios!

No fim da semana o herói estava descascando bem e foi na cidade buscar sarna pra se coçar. Andou banzando banzando, e muito fatigado por causa da fraqueza parou no parque do Anhangabaú. Chegara bem debaixo do monumento a Carlos Gomes que fora um músico muito célebre e agora era uma estrelinha do céu. O ruído da fonte murmurejando na tardinha dava pro herói a visagem das águas do mar. Macunaíma sentou no parapeito da fonte e assuntou os baguais marinhos de bronze chorando água. E lá na escureza da gruta por detrás da tropilha presenciou uma luz. Fixou mais e distinguiu uma embarcação muito linda que vinha boiando sobre as águas. "É uma vigilenga" murmurou. Porém a nau vinha chegando cada vez maior. "É um gaiola" murmurou. Mas o gaiola vinha chegando tão grande tão! que o herói deu um salto sarapantado e gritou na boca-da-noite ecoada "É um vaticano!". O navio já vinha bem visível por detrás dos baguais de bronze. Tinha o corte da velocidade no casco de prata e os mastros inclinados pra trás estavam cheios de bandeiras que o vento da correria imprensava entre as lâminas de ar. O grito chamara os choferes da esplanada e todos curioseavam o gesto parado do herói e seguiam o risco do olhar dele batendo na fonte escura.

— Que foi, herói?

— Olha lá!... Olha o vaticano macota que vem vindo sobre as águas imensas do mar!

— Aonde!

— Por detrás do cavalo de estibordo!

Então todos viram por detrás do cavalo de estibordo o navio chegando. Já estava bem perto e ia passar entre o cavalo e a parede de pedra, já estava na boca da gruta. E era um navio guaçu.

— Não é vaticano não! é o transatlântico fazendo viagem por mar! gritou um chofer japonês que já fizera muita viagem por mar. E era um transatlântico enorme. Vinha iluminado, relampeava todo de oiro e prata embandeirado e festeiro. Os óculos das cabinas eram colares no casco, e nos cinco deques empoleirados corria música entre a gentama dançando mexida no cururu. A choferada comentava:

— É do Lóide!

— Não, é da Hamburgo!

— Vá saindo! tou percebendo! então! É il piróscafo Conte Verde em vez!

E era o piróscafo Conte Verde sim. E era a Mãe-d'água que vinha bancando piróscafo pra atentar o herói.

— Gente! adeus, gente! Vou pra Europa que é melhor! Vou em busca de Venceslau Pietro Pietra que é o gigante Piaimã comedor de gente! que o herói discursava.

E toda a choferada abraçava Macunaíma se despedindo. O vapor estava ali e Macunaíma já pulara no cais da fonte pra subir a escadinha do piróscafo Conte Verde. Todos os tripulantes na frente da música acenavam chamando Macunaíma e eram marujos forçudos, eram argentinos finíssimos e eram tantas donas lindíssimas pra gente brincar até enjoar com os balangos das ondas.

— Desce a escadinha, capitão! que o herói exclamou.

Então o capitão tirou o cocar e executou uma letra no ar. E todos, os marujos os argentinos finíssimos e as cunhãs lindíssimas pra Macunaíma brincar, todos esses tripulantes soltaram vaias macotas caçoando do herói enquanto o navio manobrando sem parar dava a popa pra terra e flechava de novo pro fundo da gruta. E todos aqueles tripulantes viraram doentes com erisipa sempre caçoando do herói. E quando o piróscafo atravessou o estreito entre a parede da gruta e o bagual de bombordo a chaminezona guspiu uma fumaça de pernilongos, de borrachudos mosquitos-pólvora mutucas marimbondos cabas potós moscas-de-ura, todos esses mosquitos afugentando os motoristas.

O herói sentado no rebordo da fonte penava todo mordido e com mais erisipa, mais, todo erisipelado. Sentiu frio e veio febre. Então espantou com um gesto os mosquitos e caminhou pra pensão.

No outro dia Jiguê entrou em casa com uma cunhatã, fez ela engolir três bagos de chumbo pra não ter filho e os dois dormiram na rede. Jiguê tinha se amulherado. Ele era muito valente. Passava o dia limpando a espingarda e afiando a lamparina. A companheira de Jiguê todas as manhãs ia comprar macaxeira pros quatro comerem e se chamava Suzi. Porém Macunaíma que era o namorado da companheira de Jiguê, todos os dias comprava uma lagosta pra ela, punha no fundo do jamachi e por cima esparramava a macaxeira pra ninguém não maliciar. Suzi era bem feiticeira. Quando chegava em casa deixava a cesta na saleta e ia dormir pra sonhar. Sonhando ela falava pra Jiguê:

— Jiguê, meu companheiro Jiguê, estou sonhando que tem lagosta por debaixo da macaxeira.

Jiguê ia ver e tinha. Todos os dias era assim e Jiguê tendo amanhecido com dor de cotovelo desconfiou. Macunaíma percebeu a dor do mano e fez uma mandinga pra ver si passava. Pegou numa cuia e de noite deixou-a no terraço, rezando manso:

"Água do céu
Vem nesta cuia,
Paticl vem nesta água,
Moposêru vem nesta água,
Sivuoímo vem nesta água,
Omaispopo vem nesta água,
Os Donos da Água enxotem a dor-de-corno!
Aracu, Mecumercuri, Paí que venham nesta água,
E enxotem a dor-de-corno si o doente beber esta água
Em que estão encantados os Donos da Água!".

Deu pra Jiguê beber no outro dia porém não surtiu efeito não e o mano andava muito desconfiado.

Quando Suzi se vestia pra ir na feira, assobiava o foxtrote da moda pro namorado ir também. O namorado era Macunaíma, ia. A companheira de Jiguê saía e Macunaíma saía atrás. Andavam brincando por aí e quando chegava a hora da volta já não tinha macaxeira mais na feira. Pois então Suzi disfarçando ia atrás da casa, sentava no jamachi e puxava uma porção de macaxeira de dentro do maissó. Todos comiam muito bem, só Maanape resmungava:

— Caboclo de Taubaté, cavalo pangaré, mulher que mija em pé, libera nós Dominé! e empurrava a comida.

Maanape era feiticeiro. Não queria saber daquela macaxeira não e como andava curtindo fome passava o tempo mastigando ipadu pra enganar. De noite quando Jiguê queria pular na rede a companheira dele principiava gemendo, falando que estava empanzinada de tanto engolir caroço de pitomba. Era só pra Jiguê não brincar com ela. Jiguê teve raiva.

No outro dia ela foi na feira e assobiou o foxtrote da moda. Macunaíma saiu atrás. Jiguê era muito valente. Pegou numa mirassanga enorme e foi devagarinho atrás deles. Procurou procurou e encontrou Suzi com Macunaíma de mãos dadas no Jardim da Luz. Já estavam se rindo um pro outro. Jiguê desceu a mirassanga nos dois, levou a companheira pra pensão e deixou o mano fatigado na beira da lagoa entre cisnes.

Do outro dia em diante Jiguê é que fazia as compras deixando a companheira presa no quarto. Suzi sem que fazer passava o tempo contrariando a moralidade mas uma feita o santo Anchieta vindo ao mundo passou pela casa dela e por piedade ensinou-a a catar piolhos. Suzi possuía uns cabelos ruivos à la garçonne e sustentava muitos piolhos, muitos! Agora não sonhava mais que tinha lagosta por debaixo da macaxeira nem não fazia imoralidades. Quando Jiguê partia ela tirava os cabelos e espetando-os no porrete do companheiro, catava piolhos. Mas tinha muitos piolhos, muitos! Então com medo que o companheiro apanhasse ela no trabalho, falou assim:

— Jiguê, meu companheiro Jiguê, quando você volta do mercado bate primeiro na porta, bate todos os dias uma porção de tempo pra mim ficar contente e ir cozinhar a macaxeira.

Jiguê falou que sim. Todos os dias ia no mercado comprar macaxeira e quando voltava batia demorado na porta. Então a cunhã botava os cabelos na cabeça e ficava esperando Jiguê.

— Suzi, minha companheira Suzi, bati uma porção de vezes na porta, será que você alegrou?

— Muito! ela fez. E foi cozinhar a macaxeira.

E todos os dias era assim. Mas tinha muitos piolhos, muitos! É que ela contava os catados um por um e por isso os piolhos aumentavam. Uma feita Jiguê matutou no que ficava fazendo a companheira quando ele ia no mercado e teve vontade de assustá-la, fez. Virou de pernas pro ar e veio andando nas pontas das mãos. Abriu a porta e assustou Suzi. Isso ela gritou botando afobada a cabeleira na cabeça. E os cabelos da testa ficaram no cangote e os cabelos do cangote ficaram na testa escorrendo. Jiguê xingou Suzi de porca e deu nela até escutar alguém subindo a escada. Era Chico vindo de baixo. Então Jiguê parou e foi afiar a bicuda.

No outro dia Macunaíma estava outra vez com vontade de brincar com a companheira de Jiguê. Falou pros manos que ia numa caçada longe porém não foi não. Comprou duas garrafas de licor de butiá catarinense uma dúzia de sanduíches dois abacaxis de Pernambuco e se amoitou no quartinho. Passado tempo saiu de lá e falou pra Jiguê, mostrando o embrulho:

— Mano Jiguê, no fim de muitas ruas, você indo, tem uma fruteira trilhada. Vi um poder de caça, vá ver!

O mano espiou desconfiado pra ele porém Macunaíma disfarçou bem:

— Olhe, tem paca tatu cutia... Minto, cutia não enxerguei nenhuma. Paca tatu, cutia não.

Jiguê emprenhava pelas oiças mesmo, foi logo pegando na espingarda e falou:

— Então vou porém mano jura primeiro que não brinca com minha obrigação.

Macunaíma jurou pela memória da mãe que nem olhava pra Suzi. Então Jiguê tornou a pegar na espingarda-pá e na faca de ponta-tá tatatá e partiu. Macunaíma nem bem Jiguê virou a esquina ajudou Suzi abrindo os embrulhos e botando uma toalha da renda famosa chamada "Ninho de Abelha" cujo papelão fora roubado em Muriú do Ceará-Mirim pela danada Geracina da Ponta do Mangue. Quando tudo ficou pronto os dois pularam na rede e brincaram. Agora estão se rindo um pro outro. Depois de rirem bastante, Macunaíma falou:

— Desarrolha uma garrafa pra gente beber.

— Sim, ela fez. E beberam a primeira garrafa de licor de butiá que era muito gostoso. Os dois estalaram a língua e pularam na rede outra vez. Brincaram quanto quiseram. Agora estão se rindo um pro outro.

Jiguê andou légua e meia, foi até no fim das ruas, campeou a fruteira uns pares de vezes, muito tempo, jacaré achou? nem ele! Não tinha fruteira nenhuma e Jiguê voltou campeando sempre por todos os fins das ruas. Afinal chegou subiu no quarto e encontrou mano Macunaíma com a Suzi já rindo. Jiguê teve raiva e deu uma coça na companheira. Agora ela está chorando. Jiguê agarrou o herói e chegou o porrete com vontade nele. Deu que mais deu até Manuel chegar. Manuel era o criado da pensão, um ilhéu. Agora o herói estava fatigado. E Jiguê, que vinha padecendo de fome, então comeu os sanduíches os abacaxis e bebeu o licor de butiá.

Os dois sovados passaram a noite se lastimando. No outro dia Jiguê enfarado pegou na sarabatana e saiu pra ver si encontrava a tal de fruteira. Jiguê era muito bobo. Suzi viu ele sair, enxugou os olhos e falou pro namorado:

— Choremos não.

Então Macunaíma desamarrou a cara e se arranjou pra ir falar com mano Maanape. Jiguê de volta na pensão perguntou pra Suzi:

— Onde anda o herói?

Porém ela estava zangadíssima e principiou assobiando. Então Jiguê agarrou no porrete, se chegou pra companheira e disse muito triste:

— Vai embora, perdição!

Daí ela sorriu feliz. Catou sem contar todos os piolhos que restavam e eram muitos piolhos, atrelou-os a uma cadeira de balanço, sentou nela, os piolhos pularam e Suzi foi pro céu virada na estrela que pula. É uma zelação.

O herói nem bem viu Maanape de longe pegou se lastimando. Se atirou nos braços do mano e contou uma história bem triste provando que Jiguê não tinha razão nenhuma pra sová-lo tanto. Maanape ficou zangado e foi falar com Jiguê. Mas Jiguê também já vinha pra falar com Maanape. Se encontraram no corredor. Maanape contou pra Jiguê e Jiguê contou pra Maanape. Então eles verificaram que Macunaíma era muito safado e sem caráter. Voltaram pro quarto de Maanape e toparam com o herói se lastimando. Pra consolar levaram ele passear na máquina automóvel.

XIV. Muiraquitã

No outro dia de manhã nem bem Macunaíma abriu a janela, enxergou um passarinho verde. O herói ficou satisfeitíssimo e inda estava ficando satisfeito quando Maanape entrou no quarto contando que as máquinas jornais anunciavam a volta de Venceslau Pietro Pietra. Então Macunaíma resolveu não ter mais contemplação com o gigante e matá-lo. Saiu da cidade e foi no mato Fulano experimentar força. Campeou légua e meia e afinal topou com uma peroba com a sapopemba do tamanho dum bonde. "Esta serve" ele fez. Enfiou o braço na sapopemba, deu arranco e o pau saiu da terra não deixando nem sinal. "Agora sim que tenho força!" Macunaíma exclamou. Tornou a ficar satisfeito e voltou pra cidade. Porém não podia nem andar porque estava cheio de carrapatos. Macunaíma com muita pachorra falou pra eles:

— Ara, carrapatos! vão embora, pessoal. Não devo nada pra vocês não!

Então a carrapatada caiu no chão por encanto e foi-se embora. Carrapato já foi gente que nem nós... Uma feita botou uma vendinha na beira da estrada e fazia muitos negócios porque não se incomodava de vender fiado. Tanto fiou tanto fiou, tanto brasileiro não pagou que afinal carrapato quebrou e foi posto pra fora da vendinha. Ele agarra tanto na gente porque está cobrando as contas.

Quando Macunaíma chegou na cidade já era noite fechada e ele foi logo tocaiar a casa do gigante. Tinha neblina sobre o mundo e a casa estava sem ninguém de tanta que era a escureza. Macunaíma se lembrou de procurar uma criada pra brincar mas tinha estacionamento das máquinas táxis na esquina e as cunhãs já estavam brincando por aí. Macunaíma se lembrou de armar arapuca pros curiós mas faltava isca. Não havia que fazer e sentiu sono. Porém dormir não queria não porque estava esperando Venceslau Pietro Pietra. Imaginou: "Agora vou vigiar e quando Sono vier enforco ele". Não demorou muito viu um vulto chegando. Era Emoron-Pódole, o Pai do Sono. Macunaíma ficou muito parado entre os ninhos de cupim pra não espantar o Pai do Sono e poder matá-lo. Emoron-Pódole veio vindo veio vindo e quando já estava pertinho, o herói cochilou, bateu com o queixo no peito, mordeu a língua e gritou:

— Que susto!

O Sono fugiu logo. Macunaíma seguiu andando muito desapontado. "Ora veja só! não peguei mas quase... Vou esperar outra vez e macacos me lambam si agora não pego o Pai do Sono e enforco ele!" Assim que o herói refletiu. Tinha um corgo perto com um pau caído por cima servindo de pinguela. Mais pra longe uma lagoa branquejava de luar porque a neblina já se tinha ido embora. A vista era quieta e muito suave por causa da aguinha cantando o acalanto dos pobres. O Pai do Sono devia de estar amoitado por ali. Macunaíma cruzou os braços e com o olho esquerdo dormindo ficou imóvel entre os ninhos de cupim. Não demorou muito enxergou Emoron-Pódole chegando. O Pai do Sono veio vindo veio vindo e de repente parou. Macunaíma ouviu que ele falava:

— Aquele sujeito não tá morto não. Morto que não arrota onde se viu!

Então o herói arrotou "juque!"

— Onde se viu morto arrotar, gentes! o Sono caçoou e fugiu logo. Por isso que o Pai do Sono inda existe e os homens por castigo não podem dormir em pé.

Macunaíma ia ficar desapontado com o sucedido quando escutou uma bulha e enxergou do outro lado do corgo um chofer gesticulando feito chamado. Ficou muito sarapantado e gritou tiririca:

— Isso é comigo, colega! Sou francesa não!

— Sai azar! o rapaz fez.

Então Macunaíma pôs reparo numa criadinha com um vestido de linho amarelo pintado com extrato de tatajuba. Ela já ia atravessando o corgo pelo pau. Depois dela passar o herói gritou pra pingela:

— Viu alguma coisa, pau?

— Vi a graça dela!

— Quá! quá! quá! quaquá!...

Macunaíma deu uma grande gargalhada. Então seguiu atrás do par. Eles já tinham brincado e descansavam na beira da lagoa. A moça estava sentada na borda duma igarité encalhada na praia. Toda nua inda do banho comia tambiús vivos, se rindo pro rapaz. Ele deitara de bruços na água rente dos pés da moça e tirava os lambarizinhos da lagoa pra ela comer. A crilada das ondas amontava nas costas dele porém escorregando no corpo nu molhado caía de novo na lagoa com risadinhas de pingos. A moça batia com os pés n'água e era feito um repuxo roubado da Luna espirrando jeitoso, cegando o rapaz. Então ele enfiava a cabeça na lagoa e trazia a boca cheia de água. A moça apertava com os pés as bochechas dele e recebia o jato em cheio na barriga, assim. A brisa fiava a cabeleira da moça esticando de um em um os fios lisos na cara dela. O moço pôs reparo nisso. Firmando o queixo no joelho da companheira ergueu o busto da água, estirou o braço pro alto e principiou tirando os cabelos da cara da moça pra que ela pudesse comer sossegada os tambiús. Então pra agradecer ela enfiou três lambarizinhos na boca dele e rindo muito fastou o joelho depressa. O busto do rapaz não teve apoio mais e ele no sufragante focinhou n'água até o fundo, a moça inda forçando o pescoço dele com os pés. Ela ia escorregando sem perceber de tanta graça que achava na vida. Ia escorregando e afinal a canoa virou. Pois deixai ela virar! A moça levou um tombo engraçado por cima do rapaz e ele enrolou-se nela talqualmente um apuizeiro carinhoso. Todos os tambiús fugiram enquanto os dois brincavam n'água outra vez.

Macunaíma chegava. Sentou no fundo da igarité virada, esperando. Quando viu que eles tinham acabado de brincar, falou pro chofer:

— Faz três dias que não como,
Semana que não escarro,
Adão foi feito de barro,
Sobrinho, me dá um cigarro.

O chofer secundou:

— Me desculpe, meu parente,
Si cigarro não lhe dou;
A palha o fosfre e o goiano
Caiu n'água, se molhou.

— Não se incomode que eu tenho, respondeu Macunaíma. Tirou uma cigarreira de tartaruga feita por Antônio do Rosário no Pará, ofereceu cigarros de palha de tauari pro moço e pra criadinha, acendeu um fósforo pros dois e outro pra ele. Depois afastou os mosquitos e principiou contando um caso. Assim a noite passava depressa e a gente não se amolava com o canto da sururina marcando as horas de escuridão. E era assim:

— No tempo de dantes, moços, o automóvel não era uma máquina que nem hoje não, era a onça parda. Se chamava Palauá e parava no grande mato Fulano. Vai, Palauá falou pros olhos dela:

— Vão na praia do mar, meus verdes olhos, depressa depressa depressa!

Os olhos foram e a onça parda ficou cega. Porém levantou o focinho, fez ele cheirar o vento e percebeu que Aimalá-Pódole, o Pai da Traíra, estava andando lá no longe do mar e gritou:

— Venham da praia do mar, meus verdes olhos, depressa depressa depressa!

Os olhos vieram e Palauá ficou enxergando outra vez. Passava por ali a tigre preta que era muito feroz e falou pra Palauá:

— O que você está fazendo, comadre!

— Estou mandando meus olhos olharem o mar.

— É bom?

— Pros cachorros!

— Então manda os meus também, comadre!

— Mando não porque Aimalá-Pódole está na praia do mar.

— Manda que sinão te engulo, comadre!

Então Palauá falou assim:

— Vão na praia do mar, amarelos olhos de minha comadre tigre, depressa depressa depressa!

Os olhos foram e a tigre preta ficou cega. Aimalá-Pódole estava lá e juque! engoliu os olhos da tigre. Palauá maliciou tudo porque o Pai da Traíra estava cheirando mui forte. Foi tratando de se raspar. Porém a tigre preta que era mui feroz presenciou a fugida e falou pra onça parda:

— Espera um pouco, comadre!

— Não vê que careço de buscar janta pra meus filhos, comadre. Então até outro dia.

— Primeiro manda meus olhos voltarem, comadre, que já tomei um fartão de escureza.

Palauá gritou:

— Venham da praia do mar, amarelos olhos de minha comadre tigre, depressa depressa depressa!

Porém os olhos não voltaram não e a tigre preta ficou feito fúria.

— Agora que te engulo, comadre!

E correu atrás da onça parda. Foi uma chispada mãe por esses matos que chii! os passarinhos se tornaram pequetitinhos de medo e a noite levou um susto tamanho que ficou paralítica. Por isso que quando faz dia em riba das árvores, dentro do mato é sempre noite. A coitada não pode mais andar...

Quando Palauá correu légua e meia olhou pra trás fatigada. A tigre preta vinha perto. Vai, Palauá chegou num morro chamado Ibiraçoiaba e topou com uma bigorna gigante, aquela uma que pertencia à fundição de Afonso Sardinha no princípio da vida brasileira. Junto da bigorna estavam quatro rodas esquecidas. Então Palauá amarrou elas nos pés pra poder deslizar sem muito esforço e, como se diz: desatou o punho da rede outra vez, uma chispada mãe! A onça engoliu num átimo légua e meia de terreno porém isso vinha que vinha acochada pela tigre. Faziam um barulhão tamanho que os passarinhos estavam pequetitinhos pequetitinhos de medo e a noite mais pesada por causa que não podia andar. E a bulha inda era assombrada pelos gemidos do noitibó... Noitibó é Pai da Noite, moços, e chorava a miséria da filha.

Bateu fome em Palauá. A tigre na cola dela. Mas Palauá nem não podia mais correr assim com o estômago nas costas, vai, em de mais longe quando passou pela barra do Boipeba onde o cuisarruim morou, viu um motor perto e engoliu o tal. Nem bem motor caiu na barriga da onça que a pobre criou força nova e chispou. Fez légua e meia e olhou pra trás. Isso a tigre preta vinha feita pra cima dela. Estava uma escureza que só vendo por causa da malinconia da noite e bem na frente dum feixo a onça deu uma trombada temível no derrame dum morrete, que por um triz era uma vez Palauá! Vai, ela abocanhou dois vaga-lumões e seguiu com eles nos dentes pra alumiar caminho. Nem bem fez outra légua e meia olhou pra trás. A tigre junto. Era por causa que a onça parda cheirava muito e a peste da cega tinha faro de perdigueiro. Vai, Palauá ingeriu um purgante de óleo de mamona, pegou numa lata da essência chamada gasolina, despejou no x e lá foi fuomfuom! fuom! que nem burro peidorreiro por aí. A bulha foi tamanha que nem se escutou o tinido assombrado dos pratos partidos do morro do Assobio ali. A tigre preta ficou toda atrapalhada por causa que era cega e não cheirava mais a catinga da comadre. Palauá correu mais muito e olhou pra trás. Não enxergou a tigre. Também nem não podia mais correr com as fuças fumegando de quentura. Tinha ali perto um bananal macota com um pauê na faixa porque Palauá já tinha chegado no porto de Santos. Vai, a bicha derramou água cansada no focinho e desesquentou. Depois cortou uma folha açu de banana-figo e se escondeu botando ela por riba feito capote. Dormiu assim. A tigre preta que era muito feroz até passou por ali, onça nem pio. E a outra passou não presenciando a comadre. Então de medo a onça nunca mais que largou de tudo o que tinha ajudado ela fugir. Anda sempre com roda nos pés, motor na barriga, purgante de óleo na garganta, água nas fuças, gasolina no osso-de-Pai-João, os dois vaga-lumões na boca e o capote de folha de banana-figo cobrindo, ai ai! prontinha pra chispar. Principalmente si pisa nalguma correição da formiga chamada táxi e alguma trepando no pelame luzido morde a orelha dela, qual! chispa que nem Deus! E inda tomou nome estranho pra disfarçar mais. É a máquina automóvel.

Mas por causa que bebeu água cansada Palauá teve estupor. Possuir automóvel de seu é ter estupor em casa, moços.

Dizem que mais tarde a onça pariu uma ninhada enorme. Teve filhos e filhas. Uns machos outros fêmeas. Por isso que a gente fala "um forde" e fala "uma chevrolé"...

Tem mais não.

Macunaíma parou. Chorava comoção pela boca dos moços. Sobre as águas a fresca boiava de barriga pro ar. O rapaz mergulhou a cabeça pra disfarçar a lágrima e trouxe um tabiú nos dentes rabejando danadinho. Repartiu a comida com a moça. Então lá na porta da casa uma onça fíate abriu a goela e urrou pra Lua:

— Baúa, Baúa!

Se escutou uma bulha formidável e tomou conta do ar um pitium sufocado. Era Venceslau Pietro Pietra que chegava. O motorista se ergueu logo e a criada também. Estenderam a mão pra Macunaíma, convidando:

— Seu gigante chegou de viagem, vamos todos saber como está?

Fizeram. Encontraram Venceslau Pietro Pietra na porta da rua conversando com repórter. O gigante rio pros três e falou pro motorista:

— Vamos lá dentro!

— Pois não!

Piaimã possuía orelhas furadas por causa dos brincos. Enfiou uma perna do rapaz na orelha direita, a outra na esquerda e foi carregando o moço nas costas. Atravessaram o parque e entraram na casa. Bem no meio do hall de acapu mobiliado com sofás de cipó-titica feitos por um judeu alemão de Manaus, se via um buraco enorme tendo por cima um cipó de japecanga feito balanço. Piaimã sentou o moço no cipó e perguntou pra ele si queria balançar um bocado. O moço fez que sim. Piaimã balançou balançou, de repente deu um arranco. Japecanga tem espinho... Os espinhos entraram na carne do chofer e principiou sangue no buraco.

— Chega! já estou satisfeito! que o chofer gritava.

— Balança que vos digo! secundava Piaimã.

Sangue escorrendo. A caapora companheira do gigante estava lá em baixo do buraco e o sangue pingava numa tachada de macarrão que ela preparava pro companheiro. O rapaz gemia no balanço:

— Ah, si eu possuísse meu pai e minha mãe a meu lado não estava padecendo nas mãos deste malvado!...

Então Piaimã deu um arranco muito forte no cipó e o rapaz caiu no molho da macarronada.

Venceslau Pietro Pietra foi buscar Macunaíma. O herói já estava se rindo com a criadinha. O gigante falou pra ele:

— Vamos lá dentro?

Macunaíma estendeu os braços sussurrando:

— Ai!... que preguiça!...

— Ora vamos!... Vamos?

— Pois sim...

Então Piaimã fez pra ele como fizera pro chofer, carregou o herói nas costas de cabeça pra baixo prendidos os pés nos buracos das orelhas. Macunaíma aprumou a sarabatana e assim de cabeça pra baixo era ver um atirador malabarista de circo, acertando nos ovinhos do alvo. O gigante ficou muito incomodado virou e percebeu tudo.

— Faz isso não, patrício!

Tomou a sarabatana e jogou longe. Macunaíma agarrava quanto ramo caía na mão dele.

— Que você está fazendo? perguntou o gigante ressabiado.

— Não vê que os ramos estão batendo na minha cara!

Piaimã virou o herói de cabeça pra cima. Então Macunaíma fez cócegas com os ramos nas orelhas do gigante. Piaimã dava grandes gargalhadas e pulava de gozo.

— Não amola mais, patrício! ele fez.

Chegaram no hall. Por debaixo da escada tinha uma gaiola de ouro com passarinhos cantadores. E os passarinhos do gigante eram cobras e lagartos. Macunaíma pulou na gaiola e principiou muito disfarçado comendo cobra. Piaimã convidava-o pra vir no balanço porém Macunaíma engolia cobras contando:

— Falta cinco...

E engolia mais outra bicha. Afinal as cobras se acabaram e o herói cheio de raiva desceu da gaiola com o pé direito. Olhou cheio de raiva pro gatuno da muiraquitã e rosnou:

— Hhhm... que preguiça!

Mas Piaimã insistia pro herói balangar.

— Eu até que nem não sei balançar... Melhor você vai primeiro, que Macunaíma rosnou.

— Que eu nada, herói! É fácil que nem beber água Assuba na japecanga, pronto: eu balanço!

— Então aceito porém você vai primeiro, gigante.

Piaimã insistiu, mas ele sempre falando pro gigante balançar primeiro. Então Venceslau Pietro Pietra amontou no cipó e Macunaíma foi balançando cada vez mais forte. Cantava:

“Bão-ba-lão
Senhor capitão,
Espada na cinta
Ginete na mão!”.

Deu um arranco. Os espinhos ferraram na carne do gigante e o sangue espirrou. A caapora lá em baixo não sabia que aquela sangueira era do gigante dela e aparava a chuva na macarronada. Molho engrossando.

Pra! Pra! Piaimã gritava.

— Balança que vos digo! secundava Macunaíma. Balançou até o gigante ficar bem tonto e então deu um arranco fortíssimo na japecanga. Era porque tinha comido cobra e estava furibundo. Venceslau Pietro Pietra caiu no buraco berrando cantando:

— Lem lem lem... si desta escapar, nunca mais como ninguém!

Enxergava a macarronada fumegando lá em baixo e berrou pra ela.

— Afasta que vos engulo!

Porém jacaré fastou? nem tacho! O gigante caiu na macarronada fervendo e subiu no ar um cheiro tão forte de couro cozido que matou todos os tico-ticos da cidade e o herói teve uma sapituca. Piaimã se debateu muito e já estava morre-não-morre. Num esforço gigantesco inda se ergueu no fundo do tacho. Afastou os macarrões que corriam na cara dele, revirou os olhos pro alto, lambeu a bigodeira:

— Falta queijo! exclamou...

E faleceu.

Este foi o fim de Venceslau Pietro Pietra que era o gigante Piaimã comedor de gente.

Macunaíma quando voltou da sapituca foi buscar a muiraquitã e partiu na máquina bonde pra pensão. E chorava gemendo assim:

— Muiraquitã, muiraquitã de minha bela, vejo você mas não vejo ela!...

XV. A Pacuera de Oibê

Então os três manos voltaram pra querência deles.

Estavam satisfeitos porém o herói inda mais contente que os outros porque tinha os sentimentos que só um herói pode ter: uma satisfa imensa. Partiram. Quando atravessaram o pico do Jaraguá Macunaíma virou pra trás contemplando a cidade macota de São Paulo. Maginou sorumbático muito tempo e no fim sacudiu a cabeça murmurando:

— Pouca saúde e muita saúva, os males do Brasil são...

Enxugou a lágrima, consertou o beicinho tremendo. Então fez um caborge: sacudiu os braços no ar e virou a taba gigante num bicho preguiça todinho de pedra. Partiram.

Depois de muito refletir, Macunaíma gastara o arame derradeiro comprando o que mais o entusiasmara na civilização paulista. Estavam ali com ele o revólver smith-wesson o relógio Pathek e o casal de galinha legorne. Do revólver e do relógio Macunaíma fizera os brincos das orelhas e trazia na mão uma gaiola com o galo e a galinha. Não possuía mais nem um tostão do que ganhara no bicho porém lhe balangando no beiço furado pendia a muiraquitã.

E por causa dela tudo ficara mais fácil. Desciam de rodada o Araguaia e quando Jiguê remava Maanape manejava o joão-de-pau. Se sentiam marupiaras outra vez. Pois então Macunaíma adestro na proa tomava nota das pontes que carecia construir ou consertar pra facilitar a vida do povo goiano. Noite chegada, enxergando as luzinhas dos afogados sambando manso nas ipueiras da cheia, Macunaíma olhava olhava e adormecia bem. Acordava esperto no outro dia e erguido na proa da igarité com o argolão da gaiola enfiado no braço esquerdo, repinicava na violinha botando a boca no mundo cantando saudades da querência, assim:

Antianti é tapejara,
— Pirá-uauau,
Ariramba é cozinheira,
— Pirá-uauau,
Taperá, onde a tapera
Da beira do Uraricoera?
— Pirá-uauau.

E o olhar dele espichando espichando descia a pele do rio em busca dos pagos da infância. Descia e cada cheiro de peixe cada moita de craguatá cada tudo punha entusiasmo nele e o herói botava a boca no mundo feito maluco fazendo emboladas e traçados sem sentido:

Taperá tapejara,
— Caboré,
Arapaçu paçoca,
— Caboré,
Manos, vamos-se embora
Pra beira do Uraricoera!
— Caboré!

As águas araguaias murmurejavam chamando a reta da igarité com gemidinho e lá do longe vinha a cantiga peguenta das uiaras. Vei, a Sol, dava lambadas no costado relumeando suor de Maanape e Jiguê remeiros e no cabeludo corpo em pé do herói. Era um calorão molhado fazendo fogo no delírio dos três. Macunaíma se lembrou que era imperador do Mato-Virgem. Riscou um gesto na Sol, gritando:

— Eropita boiamorebo!

Logo o céu se escurentou de supetão e uma nuvem ruivor subiu do horizonte entardecendo a calma do dia. A ruivor veio vindo veio vindo e era o bando de araras vermelhas e jandaias, todos esses faladores, era o papagaio--trombeta era o papagaio-curraleiro era o periquito cutapado era o xarã o peito-roxo o ajuru-curau o ajuru-curica arari ararica araraúna ararí araguaí arara-taua maracanã maitaca arara-piranga catorra teriba camiranga anaca anapura canindés tuins periquitos, todos esses, o cortejo sarapintado de Macunaíma imperador. E todos esses faladores formaram uma tenda de asas e gritos protegendo o herói do despeito vingarento da Sol. Era uma bulha de águas deuses e passarinhos que nem se escutava mais nada e a igarité meio parava atordoada. Mas Macunaíma assustando os legornes riscava de quando em vez um gesto diante de tudo e gritava:

— Era uma vez uma vaca amarela, quem falar primeiro come a bosta dela! Dem-de-lem chegou!

O mundo ficava mudo não falando um isto e o silêncio vinha amulegar a mornidão da sombra na igarité. E se escutava lá no longe lá no longe baixinho baixinho o ruidejar do Uraricoera. Então dava mais entusiasmo no herói. A violinha repinicava tremida. Macunaíma pigarreava atirando gusparadas no rio e enquanto o guspe afundava transformado em matamatás nojentos, o herói botava a boca no mundo feito maluco sem nem saber o que cantava, assim:

Panapaná pá-panapaná,
Panapaná pá-panapanema:
Papa de papo na popa,

— Maninha,
Na beira do Uraricoera!

Depois a boca-da-noite engoliu todas as bulhas e o mundo adormeceu. Tinha só Capei, a Lua, enorme de gorda, rechonchuda que nem cara das polacas depois duma noite daquelas, puxavante! quanta sacanagem feliz quanta cunhã bonita e quanto cachiri... Então Macunaíma teve saudades do sucedido na taba grande paulistana. Viu todas aquelas donas de pele alvinha com quem brincara de marido e mulher, foi tão bom!... Sussurrou docemente: "Mani! Mani! filhinhas da mandioca!" ... Deu um tremor comovido no beiço dele que quase a muiraquitã cai no rio. Macunaíma tornou a enfiar o tembetá no beiço. Então pensou muito sério na dona da muiraquitã, na briguenta, na diaba gostosa que batera tanto nele, Ci. Ah! Ci, Mãe do Mato, marvada que se tornara inesquecível porque fizera ele dormir na rede tecida com os cabelos dela!... "Quem tem seus amores longe passa trabalhos trianos..." parafusou. Que caborge da marvada!... E estava lá no campo do céu banzando nuns trinques toda enfeitada passeando brincando quem sabe com quem... Teve ciúmes. Ergueu os braços pro alto assustando os legornes e rezou pro Pai do Amor:

Rudá! Rudá!
Tu que estás no céu
E mandas nas chuvas.
Rudá! faz com que minha amada
Por mais companheiros que arranje
Ache que todos são frouxos!

Assopra nessa marvada
Sodades do seu marvado!
Faz com que ela se lembre de mim amanhã
Quando a Sol for-se embora no poente!...

Olhou bem pro ar. Não tinha Ci não, Capei só, gordanchona, tomando tudo. O herói deitou de comprido na igarité, fez um cabeceiro da gaiola e adormeceu entre maruins piuns muriçocas.

A noite já estava amarelando quando Macunaíma acordou com os gritos dos viras num bambuzal. Assuntou a vista e deu um pulo na praia, falando pra Jiguê:

— Espera um bocadinho.

Entrou no mato bem, légua e meia. Foi buscar a linda Iriqui, companheira dele que já fora companheira de Jiguê e esperava se enfeitando e coçando mucuim assentada nas raízes da samaúma. Os dois se festejaram, muito brincaram e vieram pra igarité.

Quando foi ali pelo meio-dia a papagaiada se estendeu de novo resguardando Macunaíma. E assim por muitos dias. Uma tarde o herói estava muito enfarado e se lembrou de dormir em terra firme, fez. Nem bem pisou na praia e se ergueu na frente dele um monstro. Era o bicho Pondê um jucurutu do Solimões que virava gente de noite e engolia os estradeiros. Porém Macunaíma pegou a flecha que tinha na ponta a cabeça chata da formiga santa chamada curupê e nem fez pontaria, acertou que foi uma beleza. O bicho Pondê estourou virando coruja. Mais pra diante depois de atravessado um chato quando subia por um espigão cheio de crocas topou com o Monstro Mapinguari macaco-homem que anda no mato fazendo mal pras moças. O monstro agarrou Macunaíma porém o herói tirou o toaquiçu pra fora e mostrou pro Mapinguari.

— Não confunde não, parceiro!

O monstro riu e deixou Macunaíma passar. O herói andou légua e meia procurando um pouso sem formiga. Subiu na ponta dum cumaru de quarenta metros e afinal depois de muito campear descobriu uma luzinha longe. Foi lá e topou com um rancho. E era o rancho de Oibê. Macunaíma bateu e uma vozica mui doce gemeu de lá dentro:

— Quem vem lá!

— É de paz!

Então a porta se abriu e apareceu um bicho tamanho que sarapantou o herói. Era o monstro Oibê o minhocão temível. O herói sentiu friagem por dentro mas se lembrou do smith-wesson, criou coragem e pediu pousada.

— Entre que a casa é sua.

Macunaíma entrou, sentou numa canastra e ficou assim. Afinal perguntou:

— Vamos conversar?

— Vamos.

— Sobre o quê?

Oibê coçou a barbicha matutando e de repente descobriu satisfeito:

— Vamos conversar porcaria?

— Chi! gosto disso que é um horror! o herói exclamou. E conversaram uma hora de porcariada.

Oibê estava cozinhando a comidinha dele. Macunaíma não tinha fome nenhuma porém botou a gaiola no chão e só de embusteiro esfregando a mão na barriga fez:

— Juque!

Oibê resmungou:

— Que é isso, gente!

— É fome é fome!

Oibê pegou numa gamela, botou cará com feijão dentro, encheu uma cuia com farinha-d'água e ofereceu pro herói. Mas não deu nem um tiquinho de pacuera assando no espeto de canela de sassafrás e aromando bem. Macunaíma engoliu tudo sem mastigar e não tinha fome nenhuma porém a boca dele ficou cheia de água por causa da pacuera assando. Esfregou a mão na barriga e fez:

— Juque!

Oibê resmungou:

— Que é isso, gente!

— É sede é sede!

Oibê pegou no balde e foi buscar água no poço. Enquanto ia, Macunaíma tirou a canela de sassafrás das brasas engoliu a pacuera inteira sem mastigar e ficou bem sossegado esperando. Quando o minhocão trouxe o balde Macunaíma bebeu um coco cheio. Depois se espreguiçando suspirou:

— Juque!

O monstro se sarapantou:

— Que mais que é, gente!

— É sono é sono!

Então Oibê levou Macunaíma pro quarto de hóspedes deu boa-noite e fechou a porta por fora. Foi cear. Macunaíma botou a gaiola num canto, cobrindo o casal de galinhas com umas chitas. Assuntou o quarto bem. Tinha uma bulhinha sem parada vinda de todos os lados. Macunaíma bateu a pedra do isqueiro e viu que eram baratas. Trepou assim mesmo na rede não sem espiar mais uma vez si não faltava nada pros legornes.

O casal estava até bem satisfeito comendo barata. Macunaíma se riu pra ele, arrotou e adormeceu. Daí a pouco estava coberto de baratas lambendo.

Quando Oibê pôs reparo que Macunaíma tinha comido a pacuera, teve raiva. Agarrou num sininho, se embrulhou num lençol branco e foi fazer assombração pro hóspede. Mas era só de brincadeira. Bateu na porta e manejou o sininho, de-lem!

— Oi?

— Vim buscar minha pacuera-cuera-cuera-cuera--cuera, de-lem!

Abriu a porta. Quando o herói enxergou a assombração ficou com tanto medo que nem se mexeu. Ele não sabia que era Oibê não. A fantasma vinha vindo:

— Vim buscar minha pacuera-cuera-cuera-cuera cuera, de-lem!

Então Macunaíma percebeu que não era assombração nada, era mas o monstro Oibê minhocão temível. Criou coragem pegou no brinco da orelha esquerda que era a máquina revólver e deu um tiro na assombração. Porém Oibê não fez caso e veio vindo. O herói tornou a ter medo. Pulou da rede agarrou a gaiola e escafedeu pela janela, jogando baratas no caminho todo. Oibê correu atrás. Mas era só de brincadeira que ele queria comer o herói. Macunaíma desembestara agreste fora mas isso ia que ia acochado pelo minhocão. Então botou o furabolo na goela, fez cosquinha e lançou a farinha engolida. A farinha virou num areão e enquanto o monstro pelejava pra atravessar aquele mundo de areia escorregando, Macunaíma fugia. Tomou pela direita, desceu o morro do Estrondo que soa de sete em sete anos seguiu por uns caponetes e depois de cortar um travessão encapelado fez o Sergipe de ponta a ponta e parou ofegando num agarrado muito pedregoso. Na frente havia uma lapa grande furada por uma furna com um altarzinho dentro. Na boca da socava um frade. Macunaíma perguntou pro frade:

— Como se chama o nome de você?

O frade pôs no herói uns olhos frios e secundou com pachorra:

— Eu sou Mendonça Mar pintor. Desgostoso da injustiça dos homens faz três séculos que afastei-me deles metendo cara no sertão. Descobri esta gruta ergui com minhas mãos este altar do Bom Jesus da Lapa e vivo aqui perdoando gente mudado em frei Francisco da Soledade.

— Está bom, Macunaíma falou. E partiu na chispada.

Mas o terreno era cheio de socavas e logo adiante estava outro desconhecido fazendo um gesto tão bobo que Macunaíma parou sarapantado. Era Hercules Florence. Botara um vidro na boca duma furna mirim, tapava e destapava o vidro com uma folha de taioba. Macunaíma perguntou:

— Ara, ara, ara! Mas você não me dirá o que que está fazendo aí, siô!

O desconhecido virou pra ele e com os olhos relumeando de alegria falou:

— Gardez cette date: 1927! Je viens d'inventer la photographie!

Macunaíma deu uma grande gargalhada.

— Chi! Isso já inventaram que anos, siô! Então Hercules Florence caiu estuporado sobre a folha de taioba e principiou anotando com música uma memória científica sobre o canto dos passarinhos. Estava maluco. Macunaíma chispou.

Depois que correu légua e meia olhou pra trás e viu que Oibê já vinha perto. Botou o furabolo na goela e lá foi pro chão todo o cará engolido que virou num tartarugal mexemexendo. Oibê custou pra virar aquela imundície de tartaruga e Macunaíma fugiu. Légua e meia adiante olhou pra trás. Isso Oibê vinha na cola dele. Então tornou a botar o furabolo na goela e lançou que era só feijão e água. Tudo virou num lamedo cheio de sapos-bois e enquanto Oibê se debatia atravessando aquilo, o herói catava umas minhocas pras galinhas e partia afobado. Ganhou muita dianteira e parou pra descansar. Ficou bem admirado porque tinha corrido tanto que estava outra feita na porta do rancho de Oibê. Resolveu se esconder no pomar. Tinha um pé de carambolas e Macunaíma principiou arrancando ramos do caramboleiro pra se amoitar por debaixo. Os ramos cortados agarraram pingando água de lágrima e se escutou o lamento do caramboleiro:

Jardineiro de meu pai,
Não me cortes meus cabelos,
Que o malvado me enterrou
Pelo figo da figueira
Que passarinho comeu...
— Chô, chô, passarinho!

Todos os passarinhos choraram de pena gemida nos ninhos e o herói gelou de susto. Agarrou no patuá que trazia entre os berloques do pescoço e traçou uma mandinga. O caramboleiro virou numa princesa muito chique. O herói teve um desejo danado de brincar com a princesa porém Oibê já devia de estar estourando por aí. De fato:

— Vim buscar minha pacuera-cuera-cuera-cuera--cuera, de-lem! Macunaíma deu a mão pra princesa e fugiram na disparada. Mais adiante havia uma figueira com a sapopemba enorme. Oibê estava já no calcanhar deles e Macunaíma não tinha tempo mais pra nada. Então se meteu com a princesa no buraco da sapopemba. Mas o minhocão enfiou o braço e inda agarrou a perna do herói. Ia puxar mas Macunaíma deu uma grande gargalhada de experiência e falou:

— Você está maginando que pegou minha gâmbia, pegou não! Isso é raiz, bocó!

O minhocão largou. Macunaíma gritou:

— Pois era a perna mesmo bocó-de-mola!

Oibê tornou a enfiar o braço mas o herói já tinha encolhido a perna e o minhocão só achou raiz. Tinha uma garça perto. Oibê falou pra ela:

— Comadre garça, bote sentido no herói. Não deixa ele sair que vou buscar uma enxada pra cavar.

A garça ficou guardando. Quando Oibê já estava longe Macunaíma falou pra ela:

— Então, sua palerma, é assim que se bota sentido num herói! Fique bem perto arregalando os olhos!

A garça fez. Então Macunaíma atirou um punhado de formigas-de-fogo nos olhos dela e enquanto a garça gritava de cega ele saiu do buraco com a princesa e escafederam outra vez. Perto de Santo Antônio do Mato Grosso toparam com uma bananeira e estavam morrendo de fome. Macunaíma falou pra princesa:

— Assobe, come as verdes que são boas e atira as amarelas pra mim.

Ela fez. O herói se fartou enquanto a princesa dançava de cólicas pra ele apreciar. Oibê já vinha chegando e eles desataram o punho da rede outra vez.

Depois de correrem mais légua e meia, enfim chegaram num firme pontudo do Araguaia. Porém a igarité estava abicada bem mais pra baixo na outra margem com Maanape Jiguê a linda Iriqui, todos esses companheiros dormindo. Macunaíma olhou pra trás. Oibê quase ali. Então botou o furabolo na goela pela última vez, fez cosquinha e alojou a pacuera n'água. A pacuera virou num periantã muito fofo de ervas. Macunaíma botou a gaiola com jeito no fofo, atirou a princesa lá e dando um arranco na margem com o pé, afastou da praia o periantã que as águas levaram. Oibê chegou mas os fugitivos iam longe. Então o minhocão que era um lobisomem famoso principiou tremelicando criou rabo e virou cachorro-do-mato. Escancarou a goela desencantada e saiu da barriga dele uma borboleta azul. Era alma de homem presa no corpo do lobo por artes do Carrapatu medonho que para na gruta do Iporanga.

Macunaíma e a princesa brincando desciam a corrente do rio. Agora estão se rindo um pro outro.

Quando passaram rente da igarité os manos se acordaram com os gritos de Macunaíma e foram atrás. Iriqui ficou logo enciumada porque o herói não queria saber mais dela e só brincava com a princesa. E pra ver si reconquistava o herói abriu num bué famoso. Jiguê teve logo muita pena dela e falou pra Macunaíma ir brincar com Iriqui um poucadinho. Jiguê era muito bobo. Mas o herói que já andava impinimando com Iriqui secundou pra ele:

— Iriqui é muito relambória, mano, mas a princesa, upa! Não dê credito pra Iriqui não! Oi que Sol de inverno chuva de verão choro de mulher palavra de ladrão, eieiei... ninguém não caia não!

E foi brincar com a princesa. Iriqui ficou triste triste, bem triste, chamou seis araras canindés e subiu com elas pro céu, chorando luz virada numa estrela. As canindés amarelinhas também viraram estrelas. É o Setestrelo.

XVI. Uraricoera

No outro dia Macunaíma amanheceu com muita tosse e uma febrinha sem parada. Maanape desconfiou e foi fazer um cozimento de broto de abacate, imaginando que o herói estava hético. Em vez era impaludismo, e a tosse viera só por causa da laringite que toda a gente carrega de São Paulo. Agora Macunaíma passava as horas deitado de borco na proa da igarité e nunca mais que havia de sarar. Quando a princesa não podia mais e vinha pra brincarem, o herói até uma vez recusou suspirando:

— Ara... que preguiça...

No outro dia atingiram as cabeceiras dum rio e escutaram perto o ruidejar do Uraricoera. Era ali. Um passarinho sirigaita trepado na munguba, enxergando o farrancho gritou logo:

— Sinhá dona do porto, dá caminho pra mim passar!

Macunaíma agradeceu feliz. De pé ele assuntava a paisagem passando. Veio vindo o forte São Joaquim erguido pelo mano do grande Marquês. Macunaíma deu um té-logo pro cabo e pro soldado que só possuíam um naco esfarrapado de culote e o boné na cabeça e viviam guardando as saúvas dos canhões. Afinal ficou tudo conhecidíssimo. Se enxergou o cerro manso que fora mãe um dia, no lugar chamado Pai da Tocandeira, se enxergou o pauê trapacento malhado de vitórias-régias escondendo os puraquês e os pitiús e pra diante do bebedouro da anta se viu o roçado velho agora uma tiguera e a maloca velha agora uma tapera. Macunaíma chorou.

Abicaram e entraram na tapera. Vinha a boca--da-noite. Maanape com Jiguê resolveram fazer uma facheada pra pegarem algum peixe e a princesa foi ver si topava com algum arezi pra comerem. O herói ficou descansando. Estava assim quando sentiu no ombro um peso de mão. Virou a cara e olhou. Junto dele estava um velho de barba. O velho falou:

— Quem és tu, nobre estrangeiro?

— Não sou estranho não, conhecido. Sou Macunaíma o herói e vim parar de novo na terra dos meus. Você quem é?

O velho afastou os mosquitos com amargura e secundou:

— Sou João Ramalho.

Então João Ramalho enfiou dois dedos na boca e assoviou. Apareceram a mulher dele e as quinze famílias de escadinha. E lá partiram de mudança buscando pagos novos sem ninguém.

No outro dia bem cedinho foram todos trabucar. A princesa foi no roçado Maanape foi no mato e Jiguê foi no rio. Macunaíma se desculpou, subiu na montaria e deu uma chegadinha até a boca do rio Negro pra buscar a consciência deixada na ilha de Marapatá. Jacaré achou? nem ele. Então o herói pegou na consciência dum hispano-americano, botou na cabeça e se deu bem da mesma forma.

Passava uma piracema de jaraquis. Macunaíma agarrou pescando e distraído distraído quando viu estava em

Óbidos, a montaria cheinha de peixes frescos. Mas o herói foi obrigado a atirar tudo fora porque em Óbidos "quem come jaraqui fica aqui" falam e ele tinha que voltar pro Uraricoera. Voltou e como era ainda o pino do dia deitou na sombra da ingazeira catou os carrapatos e dormiu. Tarde chegando todos voltaram pra tapera só Macunaíma não. Os outros saíram pra esperar. Jiguê se acocorou botando a orelha no chão pra ver si escutava o passinho do herói, nada. Maanape trepou no grelo duma inajá pra ver si enxergava o brilho dos brincos do herói, nada. Então saíram por mato e capoeira gritando:

— Macunaíma, nosso mano!...

Nada. Jiguê chegou debaixo da ingazeira e gritou:

— Nosso mano!

— Que foi!

— Você, aposto que já estava dormindo!

— Dormindo nada, então! Estava mas era negaceando um inambuguaçu. Você fez bulha, nhambu escapuliu!

Voltaram. E assim todos os dias. Os manos andavam muito desconfiados. Macunaíma percebeu e disfarçou bem:

— Eu caço porém não acho nada não. Jiguê nem caça nem pesca, passa o dia dormindo.

Jiguê teve raiva porque peixe andava rareando e caça inda mais. Foi na praia do rio pra ver si pescava alguma coisa e topou com o feiticeiro Tzaló que tem uma perna só. O catimbozeiro possuía uma cabaça encantada feita com a metade duma casca de gerimum.

Mergulhou a cabaça no rio, encheu de água até o meio e despejou na praia. Caiu um despropósito de peixe. Jiguê reparou bem como que o feiticeiro fazia. Tzaló largou da cabaça por aí e principiou matando peixe com um porrete. Então Jiguê roubou a cabaça do feiticeiro Tzaló que tem uma perna só.

Mais pra diante fez que nem tinha reparado e veio muito peixe, veio pirandira veio pacu veio cascudo veio bagre jundiá tucunaré, todos esses peixes e Jiguê voltou carregado pra tapera depois de esconder a cabaça na raiz do cipó. Todos ficaram sarapantados com aquele mundo de peixe e comeram bem. Macunaíma desconfiou.

No outro dia esperou com o olho esquerdo dormindo que Jiguê fosse pescar, saiu atrás. Descobriu tudo. Quando o mano foi-se embora Macunaíma largou da gaiola com os legornes no chão pegou na cabaça escondida e fez que nem o mano. Isso vieram muitos peixes, veio acará veio piracanjuba veio aviú guarijuba, piramutaba mandi surubim, todos esses peixes. Macunaíma atirou a cabaça por aí, na pressa de matar todos os peixes, cabaça caiu numa lapa e juque! mergulhou no rio. Passava a pirandira chamada Padzá. Imaginou que era abobra e engoliu a cabaça que virou na bixiga de Padzá. Então Macunaíma enfiou a gaiola no braço voltou pra tapera e contou o sucedido. Jiguê teve raiva.

— Cunhada princesa, eu que pesco, seu companheiro fica dormindo em baixo da ingazeira e inda atrapalha os outros!

— Mentira!

— Então o que você fez hoje?

— Cacei viado.

— Quedele ele!

— Comi, uai! Fui andando por um caminho, vai, topei rasto dum... catingueiro não era não mas era mateiro. Me agachei e fui no rasto. Olhando olhando, sabe, dei uma cabeçada numa coisa mole, que engraçado! sabem o que era! pois a bunda do viado, gente! (Macunaíma deu uma grande gargalhada.) Viado perguntou pra mim: — Que está fazendo aí, parente! — Te campeando! secundei. E vai, matei o catingueiro que comi com tripa e tudo. Vinha trazendo um naco pra vocês, vai, escorreguei atravessando o ipu, dei um tombo, naco foi parar longe e tanajura sujou nele.

A peta era tamanha que Maanape desconfiou. Maanape era feiticeiro. Chegou bem rente do mano e perguntou:

— Você foi na caça?

— Quer dizer... fui sim.

— O quê você caçou?

— Viado.

— Qual!

Maanape fez um grande gesto. O herói piscou de medo e confessou que tudo era lorota.

No outro dia Jiguê estava procurando a cabaça quando topou com o tatu-canastra feiticeiro chamado Caicãe que nunca teve mãe. Caicãe sentado na porta da toca puxou a violinha dele feita com a outra metade da abobra encantada e agarrou cantando assim:

"Vote vote coandu!
Vote vote cuati!
Vote vote taiaçu!
Vote vote pacari!
Vote vote canguçu!
Êh!..."

Assim. Vieram muitas caças. Jiguê, reparando. Caicãe atirou a violinha encantada por aí, pegou num porrete e foi matar todo aquele poder de caças que estavam feito bobas. Então Jiguê roubou a violinha do feiticeiro Caicãe que nunca teve mãe.

Mais pra diante cantou que nem tinha escutado e veio um dilúvio de caça parando na frente dele. Jiguê voltou carregado pra tapera depois de esconder a violinha na raiz de outro cipó. Todos tornaram a se espantar e comeram bem. Macunaíma tornou a desconfiar.

No outro dia esperou com o olho esquerdo dormindo que Jiguê partisse, foi atrás. Descobriu tudo. Quando o mano voltou pra tapera Macunaíma pegou na violinha, fez tal e qual reparara e veio uma imundície de caça, viados cutias tamanduás capivaras tatus aperemas pacas graxains lontras muçuãs catetos monos tejus queixadas antas, a anta sabatira, onças, a onça pinima a papa-viado a jaguatirica, suçuarana canguçu pixuna, isso era uma imundície de caças! O herói teve medo daquela bicharada tamanha e saiu numa carreira mãe pinchando a violinha longe. A gaiola enfiada no braço dele ia batendo nos paus e o galo com a galinha faziam um cacarejo de ensurdecer. O herói imaginava que era a bicharia e disparava mais.

A violinha caiu no dente de um queixada que tinha umbigo nas costas e se partiu em dez vezes dez pedaços que os bichos engoliram pensando que era jerimum. Os pedaços viraram nas bexigas das caças.

O herói estourou tapera a dentro feito um desesperado botando os bofes pela boca. Nem bem pôde respirar contou o sucedido. Jiguê teve ódio e falou:

— Agora que não caço nem pesco mais!

E foi dormir. Todos principiaram curtindo fome. Bem que pediam porém Jiguê pulava na rede e fechava os olhos. O herói jurou vingança. Fingiu um anzol com presa de sucuri e falou pro feitiço:

— Anzol de mentira, si mano Jiguê vier experimentar você, então entra na mão dele.

Jiguê não podia dormir de tanta fome e enxergando o anzol falou pro mano:

— Mano, esse anzol é bom?

— Xispeteó! Macunaíma fez e continuou limpando a gaiola.

Jiguê decidiu ir numa pescaria porque estava mesmo curtindo fome, falou:

— Deixa ver si anzol é bom.

Pegou no feitiço e experimentou na palma da mão. O dente de sucuri entrou na pele e despejou todo o veneno lá. Jiguê correu pro matinho e bem que mastigou e engoliu maniveira, não valeu de nada. Então foi buscar uma cabeça de anhuma que fora encostada em picada de cobra. Pôs na mão. Não valeu de nada. Veneno virou numa ferida leprosa e principiou comendo Jiguê. Primeiro comeu um braço depois metade do corpo depois as pernas depois a outra metade do corpo depois o outro braço depois o pescoço e a cabeça. Só ficou a sombra de Jiguê.

A princesa teve ódio. É que ela andava ultimamente brincando com Jiguê. Macunaíma bem que percebeu porém imaginou: "Plantei mandioca nasceu maniva, de ladrão de casa ninguém se priva, paciência! ..." E tinha encolhido os ombros. A princesa raivosa falou pra sombra:

— Quando o herói for passear de fome você vira num cajueiro numa bananeira e num churrasco de viado.

A sombra era envenenada por causa da lepra e a princesa queria matar Macunaíma.

No outro dia o herói acordou com tanta fome que foi espairecer passeando. Topou com um cajueiro cheio de frutas. Quis comer porém presenciou que era a sombra leprosa e passou adiante. Légua e meia depois topou com um churrasco de viado fumegando. Já estava roxo de fome porém pôs reparo que o churrasco era a sombra leprosa e passou adiante. Légua e meia depois topou com uma bananeira carregadinha de pencas maduras. Mas agora o herói já estava que vinha vesgo de tanta fome. A vesgueira fez ele enxergar dum lado a sombra do mano e do outro a bananeira.

— Arre que posso comer! fez.

E devorou todas as pencas. E as bananas eram a sombra leprosa do mano Jiguê. Macunaíma ia morrer. Então se lembrou de passar a doença nos outros pra não morrer sozinho. Pegou numa formiga saúva e esfregou bem ela na ferida do nariz, formiga já foi gente que nem nós e a saúva ficou leprosa. Então o herói agarrou a formiga jaguataci e fez o mesmo. Jaguataci ficou leprosa também. Então foi a vez da formiga aqueque devoradora de sementes e da formiga guiquém, da formiga tracuá e da formiga mumbuca bem preta, todas ficaram leprosas. Não tinha mais formigas em redor do herói sentado. Ele ficou com preguiça de estender o braço porque já estava moribundo. Esperou a visita da saúde, criou força e pegou no mosquito birigui mordendo o joelho dele. Passou a doença no mosquito birigui. Por isso que agora quando esse mosquito morde a gente, entra na pele, atravessa o corpo e sai do outro lado enquanto o furinho de entrada vira na bereva medonha chamada chaga-de-bauru.

Macunaíma tinha passado a lepra em sete outras gentes e ficou são no sufragante, voltando pra tapera. A sombra de Jiguê conferiu que o herói era muito inteligente e quis voltar desesperada pra junto da família. Era já de noite e se confundindo com a escureza a sombra não achava mais o caminho perto.

Sentou numa pedra e berrou:

— Foguinho, cunhada princesa!

A princesa coxeando muito porque estava doente de zamparina veio com um tição alumiando caminho. A sombra engoliu o fogo e a cunhada. Berrou de novo:

— Foguinho, mano Maanape!

Maanape veio logo com outro tição alumiando caminho. E se arrastava molengo porque barbeiro chupara sangue dele e Maanape estava opilado. A sombra engoliu fogo e mano Maanape. Berrou:

— Foguinho, mano Macunaíma!

Queria engolir o herói também mas Macunaíma percebendo o que sucedera pro mano e pra companheira encostou a porta e ficou bem quieto na tapera. A sombra pedia foguinho, pedia porém não recebendo resposta se lastimou até madrugada. Então Capei apareceu iluminando a terra e a leprosa pôde chegar na tapera. Sentou na cangerana da soleira e esperou o dia pra se vingar do mano.

De manhã inda estava acocorada ali. Macunaíma acordou e escutou. Não se ouvia nada e ele concluiu:

— Arre! Foi-se!

E saiu a passear. Quando passou pela porta a sombra trepou no ombro dele. O herói não maliciou nada. Estava padecendo de fome porém a sombra não deixava ele comer. Tudo o que Macunaíma pegava ela engolia, tamorita mangarito inhame biribá cajuí guiambê guacá uxi ingá bacuri cupuaçu pupunha taperebá graviola grumixama, todas essas comidas do mato. Então

Macunaíma foi pescar porque agora não tinha mais ninguém que pescasse pra ele não. Mas cada peixe que tirava do anzol e jogava no paneiro, a sombra pulava do ombro, engolia o peixe e voltava pro poleiro outra vez. O herói matutou: "Deixa estar que te arranjo!" Quando peixe pegou, Macunaíma fez um esforço heroico, deu um bruto arranco na vara de forma que o impulso fez o peixe ir parar lá na Guiana. A sombra correu atrás do peixe. Então Macunaíma gavionou mato fora no sentido oposto. Quando a sombra voltou, não achando mais o mano disparou no rasto dele. Depois de correr um pouco, atravessar a terra dos índios tatus-brancos e pegar um susto tamanho que passou sem pedir licença entre a sombra de Jorge Velho e a sombra do Zumbi que estavam discutindo, o herói fatigadíssimo olhou pra trás e viu que a sombra já vinha chegando. Estava na Paraíba e tão sem vontade de chispar que parou. Era por causa do herói estar impaludado. Perto havia uns trabalhadores destruindo formigueiros para construir um açude. Macunaíma pediu água pra eles. Não tinha nem gota porém deram raiz de umbu. O herói matou a sede dos legornes, agradeceu e gritou:

— Diabo leve quem trabalha!

Os trabalhadores estumaram a cachorrada no herói. Isso mesmo que ele queria porque teve medo e chispou bem. Na frente abria a estrada das boiadas. Macunaíma isso vinha que vinha acochado pela sombra, nem turtuveou: meteu pelo estradão. Mais adiante estava dormindo um boi malabar chamado Espácio que viera do Piauí. O herói deu um trompaço nele de tanta fúria. Isso o boi saiu numa galopada louca de susto e lá foi cego manadeiro abaixo. Então Macunaíma quebrou por uma picada sem jeito e se amoitou por debaixo dum mucumuco. A sombra escutava a bulha do marruá galopeando e imaginou que era Macunaíma, foi atrás. Alcançou o boi e pra não perder a pernada fez poleiro no costado dele. E cantava satisfeita:

Meu boi bonito,
Boi Alegria,
Dá um adeus
Pra toda a família!
  Ôh... êh bumba,
  Folga meu boi!
  Ôh... êh bumba,
  Folga meu boi!

Porém nunca mais que o boi pôde comer, a sombra engolia tudo antes do bicho. Então o marruá foi ficando jururu ficando jururu magruço e lerdo. Quando passou pelo rincão chamado Água Doce perto de Guarapes, o boi mirou sarapantado bem no meio do areão a vista linda, um laranjal cheio de sombra com a galinhada ciscando por baixo. Era sinal de morte... A sombra desenganada cantava agora:

Meu boi bonito,
Boi desengano,
Dá um adeus,
Até para o ano!
  Ôh... êh bumba,
  Folga meu boi!
  Ôh... êh bumba,
  Folga meu boi!

No outro dia o marruá estava morto. Foi esverdeando esverdeando... A sombra muito penarosa se consolava cantando assim:

O meu boi morreu,
Que será de mim?
Manda buscar outro,
    — Maninha,
Lá no Bom Jardim...

E o Bom Jardim era uma estância do Rio Grande do Sul. Então veio vindo uma giganta que gostava de brincar com o marruá. Viu o boi morto, chorou bem e quis levar o cadáver pra ela.

A sombra teve raiva e cantou:
Arretira-te, giganta,
Que o caso está perigoso!
Quem se arretirou amante
Faz ação de generoso!

A giganta agradeceu e foi-se embora dançando. Então passou por ali o indivíduo chamado Manuel da Lapa carregado de folha de cajueiro e de rama de algodão. A sombra saudou o conhecido:

Seu Manué que vem do Açu,
Seu Manué que vem do Açu,
Vem carregadinho de folha de caju!

Seu Manué que vem do sertão,
Seu Manué que vem do sertão,
Vem carregadinho de rama de algodão!"

Manuel da Lapa ficou muito concho com a saudação e pra agradecer dançou um sapateado e cobriu o cadáver com a folha de caju e a rama de algodão.

O velho já estava tirando a noite do buraco e a sombra toda confundida não via mais o boi debaixo dos flocos e da folhagem. Principiou dançando à procura dele. Um vaga-lume se admirou daquilo e cantou perguntando:

Linda pastorinha
Que fazeis aqui?

Vim buscar meu gado,
    — Maninha,
Que eu aqui perdi.

Foi como a sombra secundou cantando. Então o vaga-lume dançando voou do tronco pra baixo e mostrou o boi pra sombra. Ela trepou na barriga verde do morto e ficou chorando ali.

No outro dia o boi estava podre. Então vieram muitos urubus, veio o urubu-camiranga, veio o urubu--jeregua o urubu-peba o urubu-ministro o urubu-tinga que só come olhos e língua, todos esses cabeças-peladas e principiaram dançando de contentes. O mais grande puxava a dança cantando:

Urubu é passo feio feio feio!
Urubu é passo limpo limpo limpo!

E era o urubu-ruxama, urubu-rei, o Pai do Urubu. Então mandou um urubuzinho piá entrar dentro do boi para ver si já estava bem podre. O urubuzinho fez. Entrou por uma porta e saiu por outra dizendo que sim e todos fizeram a festa juntos dançando e cantando:

Meu boi bonito,
Boi Zebedeu,
Corvo avoando,
Boi que morreu.
  Ôh... êh bumba,
  Folga meu boi!
  Ôh... êh bumba,
  Folga meu boi!

E foi assim que inventaram a festa famanada do Bumba-meu-Boi, também conhecida por Boi-Bumbá.

A sombra teve raiva de estarem comendo o boi dela e pulou no ombro do urubu-ruxama. O Pai do Urubu ficou muito satisfeito e gritou:

— Achei companhia pra minha cabeça, gente!

E voou pra altura. Desde esse dia o urubu-ruxama que é o Pai do Urubu possui duas cabeças. A sombra leprosa é a cabeça da esquerda. De primeiro o urubu-rei tinha só uma cabeça.

XVII. Ursa maior

Macunaíma se arrastou até a tapera sem gente agora. Estava muito contrariado porque não compreendia o silêncio. Ficara defunto sem choro, no abandono completo. Os manos tinham ido embora transformados na cabeça esquerda do urubu-ruxama e nem siquer a gente encontrava cunhãs por ali. O silêncio principiava cochilando a beira-rio do Uraricoera. Que enfaro! E principalmente, ah!... que preguiça!...

Macunaíma foi obrigado a abandonar a tapera cuja última parede trançada com palha de catolé estava caindo. Mas o impaludismo não lhe dava coragem nem pra construir um papiri. Trouxera a rede pro alto dum teso onde tinha uma pedra com dinheiro enterrado por debaixo. Amarrou a rede nos dois cajueiros frondejando e não saiu mais dela por muitos dias dormindo caceteado e comendo cajus. Que solidão! O próprio séquito sarapintado se dissolvera. Não vê que um ajuru-catinga passara muito afobado por ali. Os papagaios perguntaram pro parente onde que ia.

— Madurou milho na terra dos ingleses, vou pra lá!

Então todos os papagaios foram comer milho na terra dos ingleses. Porém primeiro viraram periquitos porque assim comiam e os periquitos levavam a fama. Só ficara um aruaí muito falador. Macunaíma se consolou pensamenteando: "O mal ganhado, diabo leva... paciência". Passava os dias enfarado e se distraía fazendo o pássaro repetir na fala da tribo os casos que tinham sucedido pro herói desde infância. Aaah... Macunaíma bocejava escorrendo caju, muito mole na rede, com as mãos pra trás fazendo cabeceiro, o casal de legornes empoleirado nos pés e o papagaio na barriga. Vinha a noite. Aromado pelas frutas do cajueiro o herói ferrava no sono bem. Quando a arraiada vinha o papagaio tirava o bico da asa e tomava o café da manhã devorando as aranhas que de noite fiavam as teias dos ramos pro corpo do herói. Depois falava:

— Macunaíma!

O dorminhoco nem se mexia.

— Macunaíma! ôh Macunaíma!

— Deixa a gente dormir, aruaí...

— Acorda, herói! É de dia!

— Ah... que preguiça!..

— Pouca saúde e muita saúva,

Os males do Brasil são!...

Macunaíma dava uma grande gargalhada e coçava a cabeça cheia de pixilinga que é piolho-de-galinha. Então o papagaio repetia o caso aprendido na véspera e Macunaíma se orgulhava de tantas glórias passadas. Dava entusiasmo nele e se punha contando pro aruaí outro caso mais pançudo. E assim todos os dias.

Quando a Papaceia que é a estrela Vésper aparecia falando pras coisas irem dormir, o papagaio zangava por causa da história parando no meio. Uma feita ele insultou a estrela Papaceia. Então Macunaíma contou:

— "Não insulta ela não, aruaí! Taína-Cã é bom. Taína-Cã que é a estrela Papaceia tem pena da Terra e manda Emoron-Pódole dar o sossego do sono deste mundo pra todas essas coisas que podem ter sossego porque não possuem pensamento que nem nós. Taína-Cã é indivíduo também... Relumeava lá no campo vasto do céu e a filha mais velha do morubixaba Zozoiaça da tribo carajá, solteirona chamada Imaerô, falou assim:

— Pai, Taína-Cã relumeia tão bonito que eu quero me amulherar com ele.

Zozoiaça riu bem por causa que não podia dar Taína--Cã de casamento pra filha velha não. Vai, de noite veio descendo o rio uma piroga de prata, um remeiro saltou dela, bateu no poial e falou pra Imaerô:

— Eu sou Taína-Cã. Escutei vosso pedido e vim numa piroga de prata. Casa comigo por favor?

— Sim, ela fez contentíssima.

Deu a rede pro noivo e foi dormir com a mana mais nova se chamando Denaquê.

No outro dia quando Taína-Cã pulou da rede todos se sarapantaram. Era um coroca enrugado enrugado, tremelicando tanto feito a luz da estrela Papaceia. Vai, Imaerô falou:

— Cai fora, coroca! Vê lá si vou casar com velho! Pra mim há de ser um moço mui brabo mucudo e de nação carajá!

Taína-Cã ficou jururu jururu e principiou imaginando na injustiça dos homens. Porém a filha mais nova do morubixaba Zozoiaça teve pena do coroca e falou:

— Eu caso com você...

Taína-Cã brilhou de gozo. Ficaram ajustados. Denaquê preparando o enxoval cantava noite e dia:

— Amanhã por estas horas, furrum-fum-fum... Zozoiaça respondia:

— Eu também com vossa mãe, furrum-fum-fum ...

Depois que se acabaram os dedos das vossas mãos, papagaio, que são de espera pra noivo, na rede trançada por Denaquê se brincou dança de amor, furrum-fum-fum.

Nem bem o dia estava rompendo a barra, Taína-Cã pulou da rede e falou pra companheira:

— Vou derrubar mato pra fazer roçado. Agora você fica no mocambo e nunca não vai na roça me espiar.

— Sim, ela fez.

E ficou na rede, matutando gozada naquele velhinho esquisito que dera pra ela a noite mais gostosa de amor que a gente imagina.

Taína-Cã derrubou mato, botou fogo em todos os macurus de formiga e preparou a terra. Naquele tempo inda a nação carajá não conhecia as plantas boas. Era só peixe e bicho que carajá engolia.

Na outra madrugada Taína-Cã falou pra companheira que ia buscar sementes pra semear e repetiu a proibição. Denaquê ficou deitada na rede inda um bocado, matutando nas gostosuras valentes das noites de amor que o bom do coroca dava pra ela. E foi fiar.

Taína-Cã deu uma chegadinha no céu, foi até o corgo Berô, fez oração e botando uma perna em cada barreira do corgo esperou assuntando a água. Daí a pouco vieram vindo no pelo da aguinha as sementes do milho cururuca, o fumo, a maniveira, todas essas plantas boas. Taína-Cã apanhou o que passava, desceu do céu e foi no roçado plantar. Estava trabucando na Sol quando Denaquê apareceu. Era por causa que ela de sodosa quis ver o companheiro dando gostosuras tão valentes pra ela nas noites de amor. Denaquê deu um grito de alegria. Taína-Cã não era coroca não! Taína-Cã era mas um rapaz muito brabo mucudo e de nação carajá. Fizeram um macio de fumo e de maniva e brincaram pulado na Sol.

Quando voltaram pro mocambo muito se rindo um pro outro, Imaerô ficou tiririca. Gritou:

— Taína-Cã é meu! Foi pra mim que ele veio do céu!

— Sai azar! que Taína-Cã falou. Quando eu quis você não quis, pois agora brinque-se!

E trepou na rede com Denaquê. Imaerô desinfeliz suspirou assim:

— Deixe estar jacaré, que a lagoa há de secar!... E saiu gritando pelo mato. Virou na ave araponga que grita amarelo de inveja no quiriri do mato diurno.

Desde então por causa da bondade de Taína-Cã é que Carajá come mandioca e milho e possui fumo pra se animar.

E tudo o que Carajá carecia, Taína-Cã ia no céu e voltava trazendo. Pois não é que Denaquê, de ambiciosa, deu pra namorar com todas as estrelinhas do céu! Deu sim, e Taína-Cã que é a Papaceia enxergou tudo. Isso, até se orvalhou de tão triste, pegou nos teréns e foi-se embora pro vasto campo do céu. Ficou lá, trouxe mais nada não. Si a Papaceia continuasse trazendo as coisas do outro lado de lá, céu era aqui, nosso todinho. Agora é só do nosso desejo.

Tem mais não.

O papagaio dormia.

Uma feita janeiro chegado Macunaíma acordou tarde com o pio agourento do tincuã. No entanto era dia feito e a cerração já entrara pro buraco... O herói tremeu e apalpou o feitiço que trazia no pescoço, um ossinho de piá morto pagão. Procurou o aruaí, desaparecera. Só o galo com a galinha brigando por causa duma aranha derradeira. Fazia um calorão parado tão imenso que se escutava o sininho de vidro dos gafanhotos. Vei, a Sol, escorregava pelo corpo de Macunaíma, fazendo cosquinhas, virada em mão de moça. Era malvadeza da vingarenta só por causa do herói não ter se amulherado com uma das filhas da luz. A mão de moça vinha e escorregava tão de manso no corpo... Que vontade nos músculos pela primeira vez espetados depois de tanto tempo! Macunaíma se lembrou que fazia muito não brincava. Água fria diz que é bom pra espantar as vontades... O herói escorregou da rede, tirou a penugem de teia vestindo todo o corpo dele e descendo até o vale de Lágrimas foi tomar banho num sacado perto que os repiquetes do tempo-das-águas tinham virado num lagoão.

Macunaíma depôs com delicadeza os legornes na praia e se chegou pra água. A lagoa estava toda coberta de ouro e prata e descobriu o rosto deixando ver o que tinha no fundo. E Macunaíma enxergou lá no fundo uma cunhã lindíssima, alvinha e padeceu de mais vontade. E a cunhã lindíssima era a Uiara.

Vinha chegando assim como quem não quer, com muitas danças, piscava pro herói, parecia que dizia — "Cai fora, seu nhonhô moço!" e fastava com muitas danças assim como quem não quer. Deu uma vontade no herói tão imensa que alargou o corpo dele e a boca umedeceu:

— Mani!...

Macunaíma queria a dona. Botava o dedão n'água e num átimo a lagoa tornava a cobrir o rosto com as teias de ouro e prata. Macunaíma sentia o frio da água, retirava o dedão.

Foi assim muitas vezes. Se aproximava o pino do dia e Vei estava zangadíssima. Torcia pra Macunaíma cair nos braços traiçoeiros da moça do lagoão e o herói tinha medo do frio. Vei sabia que a moça não era moça não, era a Uiara. E a Uiara vinha chegando outra vez com muitas danças. Que boniteza que ela era!... Morena e coradinha que nem a cara do dia e feito o dia que vive cercado de noite, ela enrolava a cara nos cabelos curtos negros como as asas da graúna. Tinha no perfil duro um narizinho tão mimoso que nem servia pra respirar. Porém como ela só se mostrava de frente e fastava sem virar Macunaíma não via o buraco no cangote por onde a pérfida respirava.. E o herói indeciso, vai-não-vai. Sol teve raiva. Pegou num rabo-de-tatu de calorão e guascou o lombo do herói. A dona ali, diz que abrindo os braços mostrando a graça fechando os olhos molenga. Macunaíma sentiu fogo no espinhaço, estremeceu, fez pontaria, se jogou feito em cima dela, juque! Vei chorou de vitória. As lágrimas caíram na lagoa num chuveiro de ouro e de ouro. Era o pino do dia.

Quando Macunaíma voltou na praia se percebia que brigara muito lá no fundo. Ficou de bruços um tempão com a vida dependurada nos respiros fatigados. Estava sangrando com mordidas pelo corpo todo, sem perna direita, sem os dedões sem os cocos-da-baía sem orelhas sem nariz sem nenhum dos seus tesouros. Afinal pôde se erguer. Quando deu tento das perdas teve ódio de Vei. A galinha cacarejava deixando um ovo na praia. Macunaíma pegou nele e chimpou-o no carão feliz da Sol. O ovo esborrachou bem nas bochechas dela que sujou-se de amarelo pra todo o sempre. Entardecia.

Macunaíma sentou numa lapa que já fora jaboti nos tempos de dantes e andou contando os tesouros perdidos em baixo d›água. E eram muitos, era uma perna os dedões, eram os cocos-da-baía eram as orelhas os dois brincos feitos com a máquina Pathek e a máquina smith-wesson, o nariz todos esses tesouros... O herói pulou dando um grito que encurtou o tamanho do dia. As piranhas tinham comido também o beiço dele e a muiraquitã! Ficou feito louco.

Arrancou uma montanha de timbó de assacu de tingui de cunambi, todas essas plantas e envenenou pra sempre o lagoão. Todos os peixes morreram e ficaram boiando com a barriga pra cima, barrigas azuis barrigas amarelas barrigas rosadas, todas as barrigas sarapintando a face da lagoa. Era de tardinha.

Então Macunaíma destripou todos esses peixes, todas as piranhas e todos os botos, caqueando a muiraquitã nas barrigas. Foi uma sangueira mãe escorrendo sobre a terra e tudo ficou tinto de sangue. Era boca-da-noite.

Macunaíma campeava campeava. Achou os dois brincos achou os dedões as orelhas os nuquiiris o nariz, todos esses tesouros e prendeu todos nos lugares deles com sapé e cola de peixe. Porém a perna e a muiraquitã não achou não. Tinham sido engolidos pelo monstro Ururau que não morre com timbó nem pau. O sangue coalhara negro cobrindo a praia e o lagoão. E era de noite.

Macunaíma campeava campeava. Soltava gritos de lamentação encurtando com a bulha o tamanho da bicharada. Nada. O herói varava o campo, saltando na perna só. Gritava:

— Lembrança! Lembrança da minha marvada! Não vejo nem ela nem você nem nada!

E pulava mais. As lágrimas pingavam dos olhinhos azuis dele sobre as florzinhas brancas do campo. As florzinhas tingiram de azul e foram os miosótis. O herói não podia mais, parou. Cruzou os braços num desespero tão heroico que tudo se alargou no espaço pra conter o silêncio daquele penar. Só um mosquitinho raquitiquinho infernizava inda mais a disgra do herói, zumbindo fininho: "Vim di Minas... vim di Minas...".

Então Macunaíma não achou mais graça nesta terra. Capei bem nova relumeava lá na gupiara do céu. Macunaíma cismou inda meio indeciso, sem saber si ia morar no céu ou na ilha de Marajó. Um momento pensou mesmo em morar na cidade da Pedra com o enérgico Delmiro Gouveia, porém lhe faltou ânimo. Pra viver lá, assim como tinha vivido era impossível. Até era por causa disso mesmo que não achava mais graça na

Terra... Tudo o que fora a existência dele apesar de tantos casos tanta brincadeira tanta ilusão tanto sofri mento tanto heroísmo, afinal não fora sinão um se deixar viver; e pra parar na cidade do Delmiro ou na ilha de Marajó que são desta Terra carecia de ter um sentido. E ele não tinha coragem pra uma organização. Decidiu:

— Qual o quê!... Quando urubu está de caipora o de baixo caga no de cima, este mundo não tem jeito mais e vou pro céu.

Ia pro céu viver com a marvada. Ia ser o brilho bonito mas inútil porém de mais uma constelação. Não fazia mal que fosse brilho inútil não, pelo menos era o mesmo de todos esses parentes de todos os pais dos vivos da sua terra, mães pais manos cunhãs cunhadas cunhatãs, todos esses conhecidos que vivem agora do brilho inútil das estrelas.

Plantou uma semente do cipó matamatá, filho--da-luna, e enquanto o cipó crescia agarrou numa itá pontuda escreveu na lage que já fora jaboti num tempo muito de dantes:

NÃO VIM NO MUNDO PARA SER PEDRA

A planta já tinha crescido e se agarrava numa ponta de Capei. O herói capenga enfiou a gaiola dos legornes no braço e foi subindo pro céu. Cantava triste:

Vamos dar a despedida,
— Taperá,
Talequal o passarinho,
— Taperá,
Bateu asa foi-se embora,
— Taperá,

Deixou a pena no ninho.

— Taperá...

Lá chegando bateu na maloca de Capei. A Lua desceu no terreiro e perguntou:

— Que que quer, saci?

— A bênção minha madrinha, me dá pão com farinha?

Então Capei reparou que não era saci não, era Macunaíma o herói. Mas não quis dar pensão pra ele, se lembrando do fedor antigo do herói. Macunaíma enfezou. Deu uma porção de munhecaços na cara da Lua. Por isso que ela tem aquelas manchas escuras na cara.

Então Macunaíma foi bater na casa de Caiuanogue, a estrela-da-manhã. Caiuanogue apareceu na janelinha pra ver quem era e confundida pelo negrume da noite e a capenguice do herói, perguntou:

— Que é que quer, saci?

Mas logo pôs reparo que era Macunaíma o herói e nem esperou resposta se lembrando que ele cheirava muito fedido.

— Vá tomar banho! falou fechando a janelinha. Macunaíma tornou a enfezar e gritou:

— Vem pra rua, cafajeste!

Caiuanogue raspou um susto enorme e ficou tremendo espiando pelo buraco da fechadura. Por isso que a bonita da estrelinha é tão pecurrucha e tremelica tanto.

Então Macunaíma foi bater na casa de Pauí-Pódole, o Pai do Mutum. Pauí-Pódole gostava muito dele porque Macunaíma o defendera daquele mulato da maior mulataria na festa do Cruzeiro. Mas exclamou:

— Ah, herói, tarde piaste! Era uma honra grande pra mim receber no meu mosqueiro um descendente de jabuti, raça primeira de todas... No princípio era só o Jabuti Grande que existia na vida... Foi ele que no silêncio da noite tirou da barriga um indivíduo e sua cunhã. Estes foram os primeiros fulanos vivos e as primeiras gentes da vossa tribo... Depois, que os outros vieram. Chegaste tarde, herói! Já somos em doze e com você a gente ficava treze na mesa. Sinto muito mas chorar não posso!

— Que pena, sinh'Helena! que o herói exclamou.

Então Pauí-Pódole teve dó de Macunaíma. Fez uma feitiçaria. Agarrou três pauzinhos jogou pro alto fez encruzilhada e virou Macunaíma com todo o estenderete dele, galo galinha gaiola revólver relógio, numa constelação nova. É a constelação da Ursa Maior.

Dizem que um professor naturalmente alemão andou falando por aí por causa da perna só da Ursa Maior que ela é o saci... Não é não! Saci inda para neste mundo espalhando fogueira e trançando crina de bagual... A Ursa Maior é Macunaíma. É mesmo o herói capenga que de tanto penar na terra sem saúde e com muita saúva, se aborreceu de tudo, foi-se embora e banza solitário no campo vasto do céu.

Epílogo

Acabou-se a história e morreu a vitória.

Não havia mais ninguém lá. Dera tangolo-mangolo na tribo Tapanhumas e os filhos dela se acabaram de um em um. Não havia mais ninguém lá. Aqueles lugares aqueles campos furos puxadouros arrastadouros meios--barrancos, aqueles matos misteriosos, tudo era a solidão do deserto... Um silêncio imenso dormia a beira-rio do Uraricoera.

Nenhum conhecido sobre a terra não sabia nem falar na falta da tribo nem contar aqueles casos tão pançudos. Quem que podia saber do herói? Agora os manos virados na sombra leprosa eram a segunda cabeça do Pai do Urubu e Macunaíma era a constelação da Ursa Maior. Ninguém jamais não podia saber tanta história bonita e a fala da tribo acabada. Um silêncio imenso dormia a beira-rio do Uraricoera.

Uma feita um homem foi lá. Era madrugadinha e Vei mandara as filhas visar o passe das estrelas. O deserto tamanho matava os peixes e os passarinhos de pavor e a própria natureza desmaiara e caíra num gesto largado por aí. A mudez era tão imensa que espichava o tamanhão dos paus no espaço. De repente no peito doendo do homem caiu uma voz da ramaria:

— Currr-pac, papac! currr-pac, papac!...

O homem ficou frio de susto feito piá. Então veio brisando um guanumbi e boleboliu no beiço do homem:

— Bilo, bilo, bilo, lá... teteia!

E subiu apressado pras árvores. O homem seguindo o voo do guanumbi olhou pra cima.

— Puxa rama, boi! o beija-flor se riu. E se escafedeu.

Então o homem descobriu na ramaria um papagaio verde de bico dourado espiando pra ele. Falou:

— Dá o pé, papagaio.

O papagaio veio pousar na cabeça do homem e os dois se acompanheiraram. Então o pássaro principiou falando numa fala mansa, muito nova, muito! que era canto e que era cachiri com mel-de-pau, que era boa e possuía a traição das frutas desconhecidas do mato.

A tribo se acabara, a família virara sombras, a maloca ruíra minada pelas saúvas e Macunaíma subira pro céu, porém ficara o aruaí do séquito daqueles tempos de dantes em que o herói fora o grande Macunaíma imperador. E só o papagaio no silêncio do Uraricoera preservava do esquecimento os casos e a fala desaparecida. Só o papagaio conservava no silêncio as frases e feitos do herói.

Tudo ele contou pro homem e depois abriu asa rumo de Lisboa. E o homem sou eu, minha gente, e eu fiquei pra vos contar a história. Por isso que vim aqui. Me acocorei em riba destas folhas, catei meus carrapatos, ponteei na violinha e em toque rasgado botei a boca no mundo cantando na fala impura as frases e os casos de Macunaíma, herói de nossa gente.

Tem mais não.

Apêndice

A trajetória modernista de Mário de Andrade

Eliana Nakashima

O que conhecemos como Modernismo ou movimento modernista no Brasil, estética que mudaria os conceitos nas artes plásticas, arquitetura e literatura do país, data de muito tempo antes do evento divisor de águas marcado pela Semana de Arte Moderna de 1922, na cidade de São Paulo.

A Vanguarda Europeia, representada pelas tendências artísticas que provocaram ruptura com a tradição cultural do século XIX, teria surgido antes, durante e depois da Primeira Guerra Mundial, introduzindo uma estética, marcada pela experimentação e pela subjetividade, que influenciaria fortemente diversas manifestações artísticas em todo o mundo. Correntes vanguardistas de pensamento, como Cubismo, Futurismo, Expressionismo, Surrealismo e Dadaísmo, marcariam o mundo como uma nova maneira de fazer arte, pautada na liberdade de criação e no rompimento com o passado cultural tradicionalista.

Graças ao conhecimento das vanguardas do Velho Mundo por parte de alguns escritores e artistas brasileiros, como Anita Malfatti, Oswald de Andrade e Mário de Andrade, e devido às situações socioculturais que marcaram a vida brasileira desde o começo do século XX, podemos situar as opções estéticas da Semana de Arte; e, por conta dessas últimas, pode-se entender o porquê de ter sido São Paulo o núcleo irradiador do Modernismo no Brasil.

Segundo BOSI (1979, p. 340),[1] o quadro geral da sociedade brasileira no final do século XIX estava em processo de urbanização, e grupos cada vez maiores de imigrantes chegavam ao centro-sul do Brasil. Em contrapartida, os antigos escravos marginalizavam-se e se deslocavam para outras áreas do país; ao mesmo tempo, grupos da pequena classe média, da classe operária e subproletariado ganhavam corpo. E enquanto a política do "café com leite" era exercida com peso nas decisões econômicas e políticas do Brasil com a hegemonia dos proprietários rurais de São Paulo e Minas Gerais, a cultura canavieira entrava em declínio no Nordeste.

Desse cenário, começam a surgir conflitos de ideologias, no caso, um tradicionalismo agrário que não se atrela à mente inquieta dos centros urbanos influenciados pela nova visão europeia e norte-americana nas faixas burguesas. Estávamos diante de um país com sérios desequilíbrios de ordem social, econômica, política e cultural.

Pela colocação de BOSI (1979, p. 341-2), "Seja como for, o intelectual brasileiro dos anos 20 teve de definir-se

---

[1] BOSI, Alfredo. *História Concisa da Literatura Brasileira.* 2ª ed. São Paulo: Cultrix, 1979.

em face desse quadro: as suas opções vão colorir ideologicamente a literatura modernista. (...) Começam a ser lidos os futuristas italianos, os dadaístas e surrealistas franceses. (...) Conhece-se o cubismo de Picasso, o primitivismo da Escola de Paris, o expressionismo plástico alemão.

Falando de um modo genérico, é a sedução do irracionalismo, como atitude existencial e estética, que dá o tom aos novos grupos, ditos modernistas, e lhes infunde aquele tom agressivo com que se põem em campo para demolir as colunas parnasianas e o academismo em geral. (...) Ora, a Europa do primeiro pós-guerra era visceralmente irracionalista".

E embora se tentasse uma síntese dessas correntes opostas, classificadas à época como *centrípeta*, com autores como um Euclides da Cunha sertanejo, um Monteiro Lobato rural e um Lima Barreto urbano, e *centrífuga*, com uma clara valorização a tudo que vinha do continente europeu, selando nossa condição de país periférico e colonizado, os grupos elitizados ansiavam superar o subdesenvolvimento com atualizações literárias. Esses irracionalistas seriam classificados como a *primeira poética* de Mário de Andrade, a teoria do *alumbramento* de Manuel Bandeira e o *roteiro antropofágico* de Oswald de Andrade.

De acordo com BOSI (1979, p. 343), "Como no Romantismo, a coexistência deu-se de forma dinâmica e progressiva: e se na pressa dos manifestos houve apenas colagem de matéria-prima nacional e módulos europeus, nos frutos maduros do movimento se reconhece a exploração feliz das potencialidades formais da cultura brasileira".

Para o próprio Mário de Andrade, *Macunaíma* é uma espécie de "coroamento de período", pois considerava um poema herói-cômico, caçoando do ser psicológico brasileiro junto a uma figura de lenda, à maneira quase mística dos poemas tradicionais, como o real e o fantástico juntos num mesmo plano; o símbolo, a sátira e a fantasia livremente amalgamados numa ausência de regionalismos pela fusão das características regionais, como se fosse um único herói num único Brasil, isso visível na maneira como o autor trabalha o tempo e o espaço na obra.

Mário de Andrade ao ler as pesquisas na obra *Von Roroima zum Orinoco*, do alemão Theodor Koch-Grünberg, estudioso de folclore e etnografia entre o extremo norte do Brasil, Guianas e Venezuela, pode ter-se inspirado na saga de um tal Makunaíma, herói civilizador e divindade dual, sagaz, malicioso e sempre propenso ao menor esforço. Nesse sentido, o herói de Andrade pode ter elementos colhidos não apenas de Grünberg, mas também de outros estudiosos, como Couto de Magalhães (folclorista), Barbosa Rodrigues (botânico) e Capistrano de Abreu (historiador), para compor uma saga-síntese de um tipo brasileiro.

Através desses sentidos e informações nacionais colhidos e estudados por Mário de Andrade, ele pôde construir ou pôr em prática em sua rapsódia suas duas teses — o primitivismo do povo brasileiro e a legitimidade estética da literatura popular e oral. A partir dessas pesquisas do autor, pode-se compreender Macunaíma como um tipo brasileiro bem caracterizado porque traz à tona o comportamento do povo.

A intenção de sátira em Macunaíma anda junto com o desejo do autor em simbolizar, de modo moderno, a mentalidade brasileira, mas essa coexistência decepciona Andrade, pois considera a sátira uma reação amarga, incapaz de corrigir os costumes. Numa conferência em abril de 1942, Mário de Andrade desabafa acerca da repercussão de sua obra:

"Mas a verdade é que eu fracassei. Se o livro é todo ele uma sátira um não conformismo revoltado sobre o que é, o que eu sinto e vejo que é para o brasileiro, o aspecto gozado prevaleceu. É certo que eu fracassei".[2]

Sobre o autor

Mário de Andrade foi, sem dúvida, uma figura fundamental do movimento da vanguarda paulistana, durante mais de vinte anos, a partir da segunda década do século XX e esteve envolvido em várias instâncias do movimento modernista de São Paulo.

Mário Raul de Moraes Andrade, filho de Carlos Augusto de Andrade e Maria Luísa de Almeida Leite Moraes de Andrade, nasceu em 9 de outubro de 1893, no centro de São Paulo, na rua Aurora, 320, onde viveu a maior parte de sua vida. Foi poeta, escritor, crítico literário, musicólogo, folclorista e ensaísta, sendo

---

[2] PREFEITURA DO MUNICÍPIO DE SÃO PAULO. *Boletim bibliográfico*. Biblioteca Municipal Mário de Andrade, número especial organizado por Noêmi do Val Penteado. São Paulo: Artes Gráficas Bisordi, 1970, p. 20.

considerado o polímata[3] nacional do Brasil. Na infância, Mário era considerado um pianista prodígio, mas somente aos 18 anos de idade, em 1911, foi matriculado no Conservatório Dramático e Musical de São Paulo. Teve educação formal apenas em música, mas foi autodidata em história, arte e literatura, especialmente em poesia. Dominava a língua francesa desde pequeno e, de forma impressionante, lia Rimbaud e os principais poetas simbolistas franceses durante a infância.

Aos vinte anos, Mário mudou-se com sua família para uma casa em Araraquara devido à morte de seu irmão, Renato, fato que o abalou profundamente, pois ambos estudavam piano e tinham pretensão de se tornarem concertistas. Após um tempo retirados, Mário e sua família retornaram à capital, mas ele já não tinha a mesma habilidade para tocar por conta de um tremor nas mãos. Em 1917, acabou formando-se no Conservatório, mas estudou canto e teoria musical para ser professor de música. O interesse pela literatura também ganhava mais espaço em seus planos, e, nesse mesmo ano, Mário publica seu primeiro livro de poemas *Há uma gota de sangue em cada poema*, sob o pseudônimo de Mário Sobral. O livro, embora tivesse traços da poesia francesa, já apresentava indícios de uma certa busca por uma identidade brasileira.

Após lançar seu livro, cuja publicação não vingou como imaginava, Mário viajou para o campo a fim de ampliar o âmbito de sua escrita e pesquisar sobre a

---

[3] *adj* e *s m+f* (*gr polymathés*) Que, ou pessoa que é erudita em muitas ciências.

história, o povo, a cultura e, sobretudo, a música do interior do Brasil, de São Paulo a várias regiões do Nordeste, trabalho esse que seria sua grande ocupação por toda a vida. Andrade dividia seu tempo entre as viagens de pesquisa, lecionando piano no Conservatório e as aulas de estética com o poeta Venceslau de Queirós, a quem substituiria após sua morte, em 1921. Mário chegou a compor uma música intitulada "Viola quebrada" em parceria com Ary Kerner.

E nesse agitado cotidiano de música, folclore e arte, Mário conheceu um grupo de jovens artistas, que como ele, também buscavam informações sobre o modernismo europeu. Entre os novos conhecidos, surgiram os nomes que comporiam o chamado "Grupo dos Cinco", com o próprio Mário, Oswald de Andrade, Menotti del Picchia, Tarsila do Amaral e Anita Malfatti; esta última colaborou com ideias muito frescas sobre a vanguarda expressionista europeia por ter visitado o Velho Mundo anos antes da Primeira Guerra Mundial.

Com todo esse aparato de ideias modernas, Mário e seu grupo organizaram o evento que seria o grande marco para as artes em geral, inaugurando a Semana de Arte Moderna, entre 11 e 18 de fevereiro de 1922. No evento, foram realizadas leituras literárias e palestras sobre arte, música e literatura, além de uma exposição de pinturas de Malfatti e de outros artistas ligados ao Modernismo. Mário apresentou o esboço de um ensaio chamado *A escrava que não é Isaura*, que publicaria três anos depois. Ainda nesse evento, o autor de Macunaíma preparava a publicação de seu livro de poesia, *Pauliceia desvairada*, para o mesmo ano. Ao longo dessa década, Mário e o Grupo dos Cinco trabalharam juntos, sobretudo com

Oswald de Andrade, impulsionando de forma decisiva o movimento modernista no Brasil.

Na década de 1930, Andrade organizou um Departamento de Cultura para a unificação da cidade de São Paulo em parceria com o escritor e arqueólogo Paulo Duarte, com o objetivo de catalogar músicas do Norte e Nordeste brasileiros, numa grande missão de pesquisar e divulgar o folclore do Brasil.

Um dos grandes eventos culturais organizados por ele foi a Missão de Pesquisas Folclóricas, visitando mais de trinta locais em seis estados brasileiros para colher material etnográfico. Porém, devido à instauração do Estado Novo de Getúlio Vargas, em 1938, a missão foi interrompida e Mário de Andrade demitiu-se do departamento.

Como um incansável incentivador da cultura, Mário, junto com o advogado Rodrigo Melo Franco, fundaram o Serviço de Patrimônio Histórico e Artístico Nacional, apesar das limitações de ordem política e financeira. Ainda por essa época, mudou-se para o Rio de Janeiro para tomar posse de um cargo na UFRJ, onde dirigiu o evento folclórico Congresso da Língua Nacional Cantada. De volta a São Paulo, em 1941, retoma seu antigo cargo no Departamento de Cultura.

Mário de Andrade não se casou nem teve filhos. Sua vida particular sempre foi um mistério até entre seus amigos. A maioria de seus familiares diz ter sido Mário um cidadão assexuado, apenas se importando com a literatura. E só em 1990, seu amigo Antônio Cândido se referiu diretamente ao assunto: "*O Mário de Andrade era um caso muito complicado, era um bissexual, provavelmente*". E embora existam mais dados a respeito de sua sexualidade, sobretudo no livro *Mário de Andrade — exílio no Rio* (1989), de Moacir Werneck de Castro, ainda persiste fortemente nos meios acadêmicos um "silêncio" sobre o assunto.

Sobre suas principais obras, Mário foi o autor de dois romances: *Amar, verbo intransitivo*, de 1927, e *Macunaíma*, de 1928. O primeiro causou um escândalo na época, por seu enredo falar sobre a iniciação sexual de um adolescente com uma mulher madura, uma alemã contratada pelo pai do jovem. O segundo, desde sua primeira edição, é apresentado pelo autor como uma rapsódia, e não como romance, sendo seu protagonista, Macunaíma, chamado de "o herói sem nenhum caráter", e é considerado um dos romances capitais da literatura brasileira. No mesmo ano, publicou *Ensaio sobre a Música Brasileira*. Além desses, Mário publicou *O clã do Jabuti*, em 1927, *Remate de males*, 1930, *Os filhos da Candinha*, 1943, *O empalhador de passarinhos*, 1944; *Lira paulistana*, 1945; o livro *Contos novos* foi publicado postumamente, em 1947. *O banquete*, diálogo ficcional de Mário de Andrade, publicado em parcelas, a partir de 1944, na *Folha da Manhã*, e interrompido pela morte do autor em 1945, recebeu edição póstuma pela Livraria Duas Cidades, em 1977.

Mário de Andrade morreu em sua residência em São Paulo, devido a um enfarto, em 25 de fevereiro de 1945, quando tinha 52 anos. Foi sepultado no Cemitério da Consolação, em São Paulo. Dez anos mais tarde, em 1955, foram publicadas as *Poesias completas*, quando começou a consagração de Andrade como um dos principais valores culturais no Brasil, um ano após a morte de Getúlio Vargas. Em 1960, seu nome era homenageado e dado à Biblioteca Municipal de São Paulo.

Questionário*[1]

1) Do início ao final da obra, a grande aventura (ou desventura) de Macunaíma e seus irmãos, Jiguê e Maanape, se baseia em quê?

2) Se fizermos um levantamento de todos os termos em língua indígena usados pelo autor em sua rapsódia, teremos um grande inventário de palavras para lugares, pessoas, animais, plantas, entre outras. Por que Mário de Andrade fez uso de tantos termos indígenas?

3) Por que Macunaíma é chamado de "herói" logo no primeiro capítulo da obra?

4) No terceiro capítulo, Macunaíma conhece Ci, a Mãe do Mato, viola as leis das amazonas e acabam tendo um filho, um piá, na língua indígena. Por que ele é aclamado como imperador?

5) Por que o autor classifica a obra *Macunaíma* como "romance popular" e a caracteriza como rapsódia?

---

* Sugestão ao professor: nas atividades com os alunos, indique-lhes os trechos específicos da obra para orientação na resolução das questões.

[1] Professores podem obter o gabarito desta seção entrando em contato com o nosso departamento editorial.

6) Que elementos decisivos podem ser destacados na composição do título "Macunaíma, o herói sem nenhum caráter"?

7) No quinto capítulo, Macunaíma e seus irmãos se banham numa cova de água encantada que era a marca do pezão de Sumé, da época em que se pregava o evangelho para as tribos; o herói foi o primeiro a se banhar e saiu branco, loiro e de olhos azuis; Jiguê banhou-se em seguida e saiu com sua cor avermelhada; e Maanape, com a cova já quase sem água, só molhou a palma das mãos e sola dos pés e continuou negro. Relacione esse fato com as três raças brasileiras.

8) O autor se vale de elementos fantásticos/mágicos para deslocar o herói para inúmeros lugares, percorrendo várias regiões do Brasil e voltando para a pensão, em São Paulo, em apenas um dia. Discorra um pouco sobre a questão do tempo e espaço na obra.

9) No polêmico capítulo nove, "Carta pras Icamiabas", o autor muda completamente a linguagem do romance, usando termos e expressões eruditos da língua nacional e palavras em francês e inglês. Qual seria a intenção do autor com essa brusca mudança no meio do livro? E por que o narrador do capítulo valoriza tanto certos quesitos das francesas em relação às amazonas icamiabas?

10) Em vários capítulos, Mário de Andrade se utiliza de provérbios, ditos populares, expressões regionais e

até trava-línguas. Cite alguns exemplos e explique seus significados.

11) O autor relacionou a morte de Ci e de seu filho a dois termos diversos: um fato astronômico e uma lenda. Quais são esses termos?

12) Explique o sentido do dístico citado pelo herói e pelo feiticeiro Camã-Pabinque:

"Pouca saúde e muita saúva,
Os males do Brasil são!"

Questões de vestibular

Questão 1

(PUC-SP) O título da obra *Macunaíma* é especificado como "herói sem nenhum caráter". A alternativa que não é verdadeira em relação à especificação é:

a) o caráter do herói é ele não ter caráter definido.

b) o protagonista assume várias esferas de ação, daí ser simultaneamente herói e anti-herói.

c) a fragilidade de caráter do protagonista faz que este perca, no decorrer da obra, sua característica de herói.

d) o herói se configura por suas qualidades paradoxais, ele é ao mesmo tempo: preguiçoso e esperto, irreverente e simpático, valente e covarde.

e) o caráter do herói é contraditório, pois ele se caracteriza como um "sonso-sabido".

Questão 2

(FUVEST) Leia o trecho da "Carta pras Icamiabas", de *Macunaíma*, de Mário de Andrade, para responder ao teste.

"As donas de São Paulo, sobre serem mui formosas e sábias, não se contentam com os dons e excelência que a Natura lhes concedeu; assaz se preocupam elas de si mesmas (...). Assim é que chamaram mestras da velha Europa, e sobretudo de França, e com elas aprenderam a passar o tempo de maneira bem diversa da vossa. Ora se alimpam, e gastam horas nesse delicado mester, ora encantam os convívios teatrais da sociedade, ora não fazem coisa alguma; e nesses trabalhos passam elas o dia tão entretecidas e afanosas que, em chegando a noute, mal lhes sobra vagar para brincarem e presto se entregam nos braços de Orfeu, como se diz."

No trecho transcrito, Macunaíma revela sua:

a) percepção dos comportamentos fúteis e artificiais das mulheres paulistanas.

b) rejeição ao comportamento elegante e refinado das mulheres da cidade.

c) ânsia por compreender e incorporar-se à sofisticada vida urbana paulistana.

d) análise crítica em relação à cultura exibicionista da rica burguesia paulistana.

e) habilidade e perspicácia em decodificar rapidamente os códigos que regem a sociedade burguesa paulistana.

Questão 3

(UFU-MG) Leia as afirmativas seguintes sobre a obra *Macunaíma*, de Mário de Andrade, e assinale a alternativa INCORRETA:

a) Sendo uma rapsódia, a obra caracteriza-se pelo acolhimento e assimilação de elementos variados de nossa cultura. Por esse caráter multifacetado, *Macunaíma* é inviável enquanto representação de nossa identidade.

b) O herói Macunaíma é um tipo criado a partir de contos populares e está ligado a personagens do folclore brasileiro, como Pedro Malazarte. Mais recentemente, pode-se aproximá-lo a João Grilo, da peça *Auto da Compadecida*.

c) São elementos da obra a mitologia indígena, o folclore nacional, a nossa língua falada, os costumes brasileiros. Os costumes brasileiros, Mário de Andrade retira-os da cidade de São Paulo, onde Macunaíma passa um bom tempo.

d) Há um acentuado procedimento parodístico sustentando a obra. A paródia recai, inclusive, sobre obras da Literatura Brasileira, como *Iracema*, de José de Alencar, e também sobre a *Carta do achamento do Brasil*, de Pero Vaz de Caminha.

Questão 4

(FUVEST) Pode-se afirmar que Mário de Andrade filiou-se à seguinte corrente literária:

a) Realismo.

b) Naturalismo.

c) Modernismo.

d) Pré-Modernismo.

e) Nenhuma das alternativas anteriores.

Questão 5

(FUVEST)

A presença da temática indígena em *Macunaíma*, de Mário de Andrade, tanto participa _______________, quanto representa uma retomada, com novos sentidos, _______________.

Mantida a sequência, os trechos em branco serão preenchidos corretamente por:

a) do movimento modernista da Antropofagia/do Regionalismo da década de 1930.

b) do interesse modernista pela arte primitiva/do Indianismo romântico.

c) do movimento modernista da Antropofagia/do Condoreirismo romântico.

d) da vanguarda estética do Naturalismo/do Indianismo romântico.

e) do interesse modernista pela arte primitiva/do Regionalismo da década de 1930.

Gabarito para questões de vestibular

Questão 1 - Alternativa "c".
Questão 2 - Alternativa "a".
Questão 3 - Alternativa "a".
Resposta Questão 4
Alternativa "e". Embora sua principal obra, *Macunaíma*, apresente vários pontos de contato com o Manifesto Antropofágico, de Oswald de Andrade, Mário de Andrade nunca se filiou a nenhuma corrente artística da época.
Resposta — Questão 5
Alternativa "b". A presença da temática indígena em *Macunaíma* revela não só o interesse de Mário de Andrade pela arte primitiva, mas também apresenta uma releitura crítica do Indianismo Romântico. Se José de Alencar criou o mito do "bom selvagem", Mário de Andrade, com a personagem Macunaíma, criou a figura do "mau selvagem", rompendo assim com a imagem idealizada do índio brasileiro.

DIREÇÃO
Martin Claret

PRODUÇÃO EDITORIAL
Carolina Marani Lima
Mayara Zucheli

DIREÇÃO DE ARTE E CAPA
José Duarte T. de Castro

DIAGRAMAÇÃO
Giovana Quadrotti

REVISÃO
Waldir Moraes

IMPRESSÃO E ACABAMENTO
Ipsis Gráfica e Editora

Este livro segue o novo Acordo Ortográfico da Língua Portuguesa.

Dados Internacionais de Catalogação na Publicação (CIP)
(Câmara Brasileira do Livro, SP, Brasil)

Andrade, Mário de, 1893-1945.
Macunaíma: o herói sem nenhum caráter / Mário de Andrade.
— São Paulo: Martin Claret, 2022.

I. Romance brasileiro I. Título

ISBN 978-65-5910-206-8

22-117153 CDD-B869.3

Índices para catálogo sistemático:

1. Romances: Literatura brasileira B869.3
Cibele Maria Dias – Bibliotecária – CRB-8/9427

EDITORA MARTIN CLARET LTDA.
Rua Alegrete, 62 – Bairro Sumaré – CEP: 01254-010 – São Paulo, SP
Tel.: (11) 3672-8144 – www.martinclaret.com.br
Impresso – 2022

Pólen
Natural